U0941887

2006
中国最佳诗歌

主　　编　王　蒙
分卷主编　宗仁发

辽宁人民出版社

图书在版编目（CIP）数据

2006中国最佳诗歌/宗仁发编．—沈阳：辽宁人民出版社，2017.7（2024.1重印）
（太阳鸟文学年选/王蒙主编）
ISBN 978-7-205-08914-6

Ⅰ.①2… Ⅱ.①宗… Ⅲ.①诗集-中国-当代
Ⅳ.①I227

中国版本图书馆CIP数据核字（2017）第016927号

出版发行：辽宁人民出版社
地址：沈阳市和平区十一纬路25号　邮编：110003
电话：024-23284321（邮 购）　024-23284324（发行部）
传真：024-23284191（发行部）　024-23284304（办公室）
http：//www.lnpph.com.cn
印　　刷：三河市同力彩印有限公司
幅面尺寸：145mm×210mm
印　　张：16.75
字　　数：190千字
出版时间：2017年7月第1版
印刷时间：2024年1月第2次印刷
责任编辑：王丽竹　陶　然
封面设计：小　北
版式设计：孙志武
责任校对：周海英
书　　号：ISBN 978-7-205-08914-6

定　　价：69.80元

太阳鸟文学年选系列
编辑委员会

分卷主编

序：回眸2006的中国诗歌

宗仁发

每一次当我把诗歌和一个年度联系在一起的时候，都会有一种内在的抵触情绪渐渐滋生。我知道它是担心这种行为就像是在一条江河上拦腰筑坝，不管你的动机里包含什么，这样总会使那波涛汹涌或缓缓流动的水变成一潭静止。然而，年度必须是我现在这项工作的前提，我只好放弃与年度的龃龉，心平气和的回到现场。好在尽管水的表面形态有所不同，但其实质或许依然如故，我也不必过于杞人忧天。

既然说到了江河，也不能不说说天气，风雨雷电，大雪大雾，冰雹，沙尘暴等等。用个学术点儿的说法就是背景。我知道把诗歌的宏观状况作为一个有机联系的整体看待，需要找到充分实在的依据，需要进行一番因果论证。我先不管这些清规戒律，跟着感觉走哪算哪。比如赵丽华事件，也许有人一看见这几个字就会反胃，可有什么办法呢？2006年就发生了这么一档子事。事件的来龙去脉无需在此复述，关于事件的分析评判也是仁者见仁，智者见智。有趣的是谁能想到在有人说文学边缘化、有人宣布文学死了的声音中，诗歌以这样一种方式吸引了公众的眼球。这个案例淋漓尽致地表现出传媒创造奇迹的功能，而这种奇迹已异化为与诗歌无关的喧嚣，诗人们的参与有意无意中都成为反方向的推波助澜。这场闹剧除了留下令人不屑的嘲笑的把柄之外，诗歌真的就别无所获吗？年内在诗人内部关于“新批判现实主义”和“小文人诗歌”的争论，其起因有些人为色彩，争论的问题实际上还是老话题，不过有趣的是主张诗歌“应该直面时代”，认为“小文人诗歌”属集体自杀的是谭克修、沈浩波等人。持不同态度的朵渔的观点似乎更经得住推敲。这一年还有人在做一些建设性的事情，比如我曾亲历的澳门“首届中国诗人和葡语国家诗人对话会”，虽然这种对话是十分困难的，沟通是有限的，但还是会带给诗人们一个更宽广的思索空间，用一句葡萄牙诗人贾梅士的诗句描述的话是“地尽于此，海始于斯”。对这类沟通艾略特早在获得诺贝尔文学奖时就表示了肯定，他认为“在语言造成隔阂的同时，诗本身能给我们以一种克服隔阂的力量。一个人能够欣赏别种语言写成的诗，也就能和使用那种语言的人们沟通”。又比如由诗歌学会主办的中国诗歌学术论坛，年内有西北和东北两个地方举办了关于“诗歌与人”的同题讨论。由于参加者的成分复杂，讨论只能在可以通分的层面上进行。有益的是这种活动体现出诗人们完全可以摆脱一些无谓的纷争，在彼此尊重的情况下倾听或表达。再比如2006还发生了有关诗歌朗诵的争论，这场争论尽管也有媒体介入，但因话题实在难以引起大众的兴趣，而仍局限在诗歌界少数人之间。朗诵追溯起来更是古老的问题，从古罗马、古希腊一直延续到朗诵的黄金时代19世纪，乃至今天。简而言之，朗诵活动的目的不过是有这样两个，一是为了获得反馈，修改作品：二是为了通过听众的反响，扩大读者群。说得再白一点，就是一种文化促销活动。对朗诵活动痴迷热心的诗人、作家大有人在，乔叟、狄更斯都很热衷于此。不适应、不屑和反对的人也不胜枚举。有人描述艾略特在朗诵时的喃喃自语，仿佛是个郁郁不乐的牧师在诅咒他的教徒。有一位古罗马诗人被没完没了的朗诵折磨得无法忍受，写诗道：我问你，谁能承受这些力作，我站着的时候你对我朗读，我坐着的时候你对我朗读，我跑步的时候你对我朗读，我大便的时候你对我朗读。西班牙当代诗人阿隆索毫不客气地认为公开朗读是一种势利虚伪的表达，也显示我们这个时代无可救药的肤浅。就在我写这篇东西的时候，有诗人发短信来说，珠海那里正在举办又一个诗歌论坛。在这篇文章快要写完的时候，我收到了《诗歌月刊》带有集团军大冲锋性质的“中间代特大号”，这个概念股的上市，给诗坛会造成什么样的冲击，我们拭目以待吧。看来今年的诗歌气象变化颇为丰富，恕我不一一在此盘点了。

纠正的一代

在以感性抵达诗歌的捷径上，“80后”的诗人们有着惊人的一致。他们尊崇情绪、经验、灵感的态度，是十分坚定不移的。这一代诗人丝毫也不迷信繁复的结构，对那些加载在诗歌身上的附加成分，他们有剔除的天赋。叶慈把写诗称之为“身体在思想”，并且说，“诗叫我们触、尝并且视、听世界，它避免抽象的东西，避免一切仅仅属于头脑的思索，凡不是从整个希望、记忆和感觉的喷泉喷射出来的，都要避免”。（引自《诗人谈诗》228页，三联书店1989年8月1版）关于这一代人的成长过程，1984年出生的广西的侯珏在他的《80年代》有很好的描述，“那时候，天空干净，流水单纯\人们的心情是蓝色的\那时候，杰克逊还没有整容，崔健还没有老”。诗中从社会环境的时代变迁写到地域生活的童年记忆，包括家族的群像，通篇贯穿着一种“觉昨是而今非”的情绪。甚至他们与生俱来地体察到“中国很多伟大的事物正在发生、变质”。伴随着童年世界那些许的单纯、快乐的消失，忧郁成为他们的心里底色，人生舞台的幕布渐次拉开，灰暗便笼罩在四周。他们看到的人群是机械而麻木的，公共汽车上的人们在他们的眼里也是没有忧伤，“他们\像被固定在车上的零部件\上面覆盖着灰色的油垢\有时随汽车晃动\但没有\日光照亮他们的\内部结构”（张弓长《公共汽车上的人们没有忧伤》）。这种印象不仅是外表的，他们发现“人际间总有层厚厚的隔膜\而人们彼此早已习惯”（穆火红《发现》）。由此“虚伪周旋于虚伪\以冷漠对抗冷漠”便成为他们的姿态，就是这位穆火红有一首《邂逅》写道：“好几次我们在大街上邂逅\老远就相互微笑\走近亲切拥抱和寒暄\询问起近况及家人是否安好\还互换了新近的电话号码\彼此相邀有空来坐坐\同时大家都又很忙\于是再度握手匆匆别过\转过街角\把刚刚写了电话的纸条\随手扔进垃圾桶。”现代社会人与人之间的温情脉脉的面纱就这样被撕掉，虚伪和冷漠赤裸裸地展现在你面前。在他们的笔下生活充满了不确定性，甚至是漂泊意识。他们无力把握现实这个怪物，有时生活“就像一个漏斗，所有细节都没了，我抓在手里的，只是一些粗枝大叶”（麦岸《有时生活》）。在面对一个泥涉俱下的时代过程中，他们的情感被欲望所覆盖，单纯被交易所替代。这样的获得与丧失，满足与空虚，导致他们产生某种负罪感。写到生命的脆弱，他们居然会有那么高度的控制，能将情感完完全全不著一字。看看这首《杨正敏死了》："是患病毒性脑炎 \ 死的 \ 她在贵医 \ 住了半个多月 \ 贵医救不了她 \ 又转到遵医 \ 住了半个多月 \ 遵医也救不了她 \ 她就死了 \ 杨正敏死了 \ 贴在教学楼大厅里 \ 为她捐款的那张 \ 倡议书 \ 却还没有撕"。诗中没有丝毫装饰成分，自始至终的冷叙述，这样压抑的、干净的笔法，取得了令人震惊的效果。

诗歌触及打工生活自被命名为"打工诗歌"以后，就出现了多重困难。在主题方面会导致意识形态化的"底层"解读，在艺术上又有类型化的危机。无论是表现的内容，还是表现形式都特别容易重复。看来这样一种划分也许就是致命的桎梏，它的有限的益处根本无法抵消掉它对艺术的另类粗暴。休姆在他的《语言及风格笔记》中曾写道："当我们在艺术作品中看到矿工和手艺人时，他们造成的印象与矿工的情感没有任何联系，也丝毫没有使矿工的生活变得高贵些。他们只是画布上一团模糊的光和影。镜子里的反映物没有纵深度"（《"新批评"文集》，285 页，中国社会科学出版社，1988 年 4 月 1 版）。在这段话里他强调了艺术性和职业性的区别，强调了创造艺术和解决社会问题的区别，还强调了现实生活要转化为艺术必须避免表面化。我觉得他讲得挺清楚了。之所以说一段有关"打工诗歌"的话，是因为我接下来要谈到郑小琼的诗，如果一定要认为她的诗与打工生活有关，那也只能说这种有关性并非有什么特别，不过是像其他诗歌素材一样。郑小琼的诗引人注目的是她在传达独特的感觉的同时，她又在怀疑、追问这种现实。与其说她是在表达生活感受，不如说她是在揭示生活的荒诞。在《钉》中，她能够用机台前的卡座上的钉子，像钉图纸、钉订单一样，把自己钉在机台上。她能够让这些钉子，穿越机台前工作的人们从容的肉体。这样的对应式的发现产生一种恰当的力量，使人自然地由认同迅速提升到激动。就连散步这样的生活场景，郑小琼也能让一个下午把她切割成三角形、圆形，如此几何化的处理，打通了真实与荒诞之间的秘密通道。

怎样把这一代的诗人放在诗歌传统和演变之中衡量，是颇费踌躇的。不知不觉中我们总会被一种“孩子的创作”这个影子所干扰，忽略了他们已在担当的艺术使命。就当代中国诗歌的发展而言，在经历了高扬的主体、以客体取代主体、用色情与唯美建立主体、用身体取代主体（见柏桦《从主体到身体》，《今天》2005 年 3 期）之后，留给这一代诗人的是一个宏大的战场废墟，硝烟依然弥漫，厮杀声余音不绝。他们必须进行清理和重建，这既是继承，也是创造。他们义不容辞地转过身来，越过宏大，越过意识形态与艺术之间的纠缠，向着细微，向着诗人内心短暂的瞬间，开始了新的冒险。与前辈们相比他们更愿意将诗歌看作是一种一闪即逝的存在物，而写诗可能是对于遭遗弃的或不断受到环境威胁的潜质的顿悟。他们把诗歌和时代的联系看作是一种心态，而不是一种世态。这是更加精神化、内心化的倾向。站在这一基点上，我们就能够看到他们诗中那种直率是吸引人的直率，就能看到他们诗中的干净带有某种澄清性，就能看到他们的低音度完成了放弃历史性而走向了可信性。我们如果再仅仅把他们的诗歌当作一些灵感的碎片看待，把他们的加入仅仅当作是雨水落在大海里，那可能会形成严重的认识偏差。

女性诗歌的天空

从上世纪 80 年代走到今天，女性诗歌仍是一个边界模糊的存在。翟永明给女性诗歌提出了两个标准：“第一是性别意识；第二是艺术品质，这二者加在一起才是女性诗歌的期待目标和理想写作标准。”（《今天》2005 年 4 期《女性诗歌：我们的翅膀》）她非常明确地表明了自己的立场，反对只强调诗歌中的性别意识，尤其是反对以男性角度、男性概念来强调女性意识。回顾女性诗歌飞翔的轨迹，我们看得到她们对女性生存经验的独特表达，看得到这种表达是与人的历史、人的命运联系在一起的，而且在这种表达过程中形成了具有特质的女性话语。我们还会注意到女性诗歌在文学的演进中逐渐丰富，涵盖的内容越来越多。对社会历史文化的审视目光犀利，批判的态度日趋彰显。尽管并没有一个十分固定的群体聚集在女性诗歌的旗帜下，也不能把这类写作归属为流派性的存在，但作为一种诗歌现象，说女性诗歌的耀眼夺目一点都不算夸张。进入21世纪后，女性诗歌飞翔的天空愈显开阔，减少了由于对抗因素造成的消耗成分，一种更从容、大气的女性诗歌已初露端倪。

在2006年，翟永明的新作达到的境界可谓是站在了诗歌的最前沿，一首《最委婉的词》在社会政治、个人情感和语言三者之间进行了一次高超的整合，诗的起句省去了引入和铺垫，直接由转折开始："仅用一个词，改变世界\是可能的如同\仅用一个词改变爱情"，诗人举重若轻地抓住了这个敏感点，接下来的诗句更是挥洒自如，让泪水之河、情欲之河、血流之河从中东流到北美，从欧洲流到亚洲。接下来让一个词由外文翻译成中文，由一般意义转换为政治术语；又由普通话深入到方言，由语言的层面又跳跃到情感的领域。至此语言不单纯是工具，而是从头到尾的参与者，甚至完全可能是一种主导力量。对语言的本质性发现，将翟永明的诗歌创作带入了一个崭新的空间。她的另一首新作《性爱》，也是在寻找语言的奥秘，性爱在诗中已远远不是和欲望、情感有关的意念，它是一个独立的语言的存在。作者赋予这种存在像休姆所说的"具体到可以把帽子挂在上面"的境界。布拉克墨尔在分析史蒂文斯的诗歌说过："好的诗人，通过把现存的语言仿佛当作个人的发明进行写作，达到出神入化的境界；要想取得不落窠臼的成功，最好的办法往往是按照一个个词在词典上出现的样子，在极端的意义上忠实于它们。"（《"新批评"文集》279页，中国社会科学出版社，1988年4月1版）这段话用来评价翟永明的新作也可以适用。

林雪、宋晓杰、李轻松、李见心这几位女诗人都是每年在你为这一年的诗歌感到收成欠佳时，会给你带来惊喜的优秀诗人。林雪的《讲述》、《存在》可以看作是对人类心灵的叩问。《讲述》是在讲述生命：从童年开始，经历了真实、抵抗、忍受、奇迹的发生之后，"我的童年粉碎了我的青春\我的青春粉碎了我的未来\我的未来粉碎了我的一切\我的一切又联合起来\粉碎了我的现在"。生命的过程即是一个残酷的粉碎的过程，就这么回事，谁也无法逃脱。相对于更无限的世界，人的短暂生命显得十分脆弱卑微。《存在》是在探讨生存与虚无，内在的秩序是"一种混乱的节律"，是被认定为"旱搏的方式"，而外在的科学、微笑、伴侣、信息、爱人，这一切在一个被扔进世界的人的感觉中仿佛都不存在。宋晓杰的组诗《沉浸》是对表面生活的全面退却，也可以说是一次转攻为守。对比李见心的组诗《几个场景》中所表达的爱可以固执、爱可以永恒、爱可以新生的无限的乐观和积极，李轻松则在《垂落之姿》这一组诗中宁愿选择“对生活的接受就是取消”，她要通过节制获得平静，通过平静等待神明，通过神明进入物我两忘的境地。总之，她们的诗歌翅膀即便有时收拢，但事实告诉我们那一定是为了更遥远的飞翔。

面对这一年的诗歌，也许还有许多话要说，有不少发表在年度之内的优秀作品值得推介，好在我的选择，便是我的表达，而且是更全面的表达。在这种表达中既有我的自信，也有我的不安，我知道最佳是一个针对年度的相对概念，也是一个考虑数量的适度包容。我明白这本年选既是一场众人参加的节日盛宴，也是一段孤独的个人阅读恶补之旅。好在如今是一个发达的传播时代，如果一个选本遗漏了重要的作品，除了减弱选本自身的分量和说明编选者的视野缺陷之外，对这样的作品本身而言则仍有多种平台可以现身。还有一点需要说明的是，在我截稿之后，又收到了《诗刊》“贺兰山·二十二届青春诗会专号”，收到了《新城市》总第十五期，收到了《独立》十年纪念专号，收到了《突围》第一期，由于出版时间的要求，来不及收选，使我感到遗憾和歉疚。

2006年12月16日星期六

目　录

散　步

郑小琼

在黄麻岭，黄昏如此空旷
它们多么像我少年与暮年的样子
时间在上面留下一点，一点，空旷
沿着凤凰大道，一个下午让我切割成了
三角形，圆形，它们走着
一直走，沿着苍茫而荒凉的夜色
啊，从四川到广东，我只是一个奔波的人
身边的流水线，机台，它们围拢着
噬咬着，在我的手上，身体上，骨头里
在黄昏的光线里，在夜色的虚无间
我逐渐地丧失着
风声从荔枝林中，寂静地吹着
时间照耀我的脸与疲倦，啊！那不可挽回的时间
照着脸上的河流——我目睹黄昏沿着空旷的大街落下
夜色来临……

钉

有多少爱，有多少疼，多少枚铁钉
把我钉在机台，图纸，订单，
早晨的露水，中午的血液

需要一枚铁钉，把加班，职业病
和莫名的忧伤钉起，把打工者的日子
钉在楼群，摊开一个时代的幸与不幸

有多少暗淡灯火中闪动的疲倦的影子
多少羸弱、瘦小的打工妹在麻木中的笑意
她们的爱与回忆像绿荫下苔藓，安静而脆弱

多少沉默的钉子穿越她们从容的肉体
她们年龄里流淌的善良与纯净，隔着利润，欠薪
劳动法，乡愁与一场不明所以的爱情

淡蓝色的流水线上悬垂着的卡座
一枚枚疼痛的钉子，停留的片刻
窗外，秋天正过，有人正靠着它活着

原载《行吟诗人》2006年第8期

树　冠

唐不遇

谁用绿色的树冠锁住音乐，
那把变黄的钥匙掉落，
我弯下腰去捡。整个世界的脚步
渴望一种力量被释放。

是我出生的年代聚集的乌云，
是这乌云睁开闪电的眼睛，
撕裂了二十年来缠绕的风声，
最后进入隐身的锁孔——我撑起

梦醒后，沉重的树冠。
但有些东西它不能穿透，
比如，那避雨的鸟，
那未来的一声声寂寞的鸟鸣。

历史博物馆

四十年前那个炎热早晨的雾
像腐烂的棺材被撬开。
死，作为一个问题，不再是
现实问题，而是历史问题。

那个稻草人，仍是个精力充沛的人，
麻雀的消失成为一种遗憾。
当灵魂在硬邦邦的田埂上等待，
儿子们在稻田里继续挥镰

——裸露的泥土，硬得像石头；
太阳睡着后，记忆仍是金黄色的：
在被禾叶、稻芒割过和刺过的地方抓痒

给下一个时代留下道道红痕——
老人们假装不知道自己的年龄，
年轻人假装从不留恋生活。

原载《诗选刊》2006 年第 4 期

80 年代

侯　珏

那时候，天空干净，流水单纯
人们的心情是蓝色的
那时候，杰克逊还没有整容，崔健还没有老
学生们还普遍爱好着诗歌
那时候，时不时有些民歌
在船上动听起来，
而我的姐姐们为了换取八月十五的月饼
没日没夜地在河边搓麻、洗麻
那时候，我的母亲因为擅长编织藤篮子
在一条河上出了名
我老实的父亲则以扛木头为生
时不时去贩卖一些香烟盒
那时候，星空寂静，奶奶的故事充满荒诞
那时候，爷爷经常被邀请去为村里的红白喜事写对联
他还喜欢吃肉，还没有接触到佛经，没有想过要吃斋
那时候我的姑姑还没有出嫁，我的叔叔经常穿着喇叭裤
藏一把刀
拿着自己做的沙枪，晚上聚众去邻村勾引女孩

或者去打架复仇
那时候，年轻人只要爱好文学或具备
上海牌手表、凤凰牌单车其中的一样
就可以很容易地找到对象
只要你够野，不怕死，爱出头，你的大名就可以在一条河域上流传
那时候没有文化，但是有创意，没有资本，但是有梦想
那时候的一部武侠小说、电影和电视一出来，就能够轰动乡里
那时候，我们还是孩子
我们玩遍各种各样的乡村游戏
我们收藏瓦片，滚铁环，拼木剑，养小鸟，捉蛇和青蛙煮了吃
我们早上一醒来就想干这些事
除了这些，我们就不去想其他的
那时候，我们学会了骑单车，学会了梳分头，
学会下地偷西瓜
那时候，我刚刚学会抽烟，刚刚爱上中国功夫
而我的那些从小一起游遍山林的伙伴们已经惊奇地发现，
他的小鸟蛋终于长出阴毛了
那时候，说来很美，很美，也很善良
那时候，社会上的很多东西还没有出现，
很多玩意早就流行
那时候，适合怀旧，适合做梦，适合恋爱和对着录音机唱歌

那时候，中国很多伟大的事物正在发生、变质

而那时候，我刚来到这世上不久

原载《广西文学》2006 年第 10 期

卡巴斯基，卡巴斯基

陆辉艳

卡巴斯基
卡巴斯基

多么抑扬顿挫
从你口里说出的

它真是个反病毒英雄
一个上午
替我检测出 1750 个特洛伊木马

卡巴斯基
卡巴斯基
真有英雄的气度
它通过远程监控
问我：如何处理？

我一筹莫展
我的卡巴斯基一筹莫展

这个下午，我的文字瘫痪

连思维也是

原载《广西文学》2006年第10期

慢慢的

苏瓷瓷

慢慢的
慢慢的，指关节开始移动
它要长出鲜花
慢慢的，哑巴开始说话
他要出卖整个世界
慢慢的，我开始风骚
我要成为最迷人的小妾
慢慢的，他从少年变成老人
而他依旧是他

我可不可以不这样生活

苏瓷瓷

我可不可以不这样生活
20 岁恋爱　23 岁结婚　24 岁生个孩子

我可不可以不这样生活
假装没有受伤　抱住你说　爱
假装没有中毒　对夜晚不再留恋
假装没有被骗　在回家的路上　想起自己的童年
假装没有倒塌　站着　用动物的足迹撒野

我可不可以不这样生活
可不可以不再害怕　衰老　肥胖　昆虫　地震　冷眼
　　　　　　　　　怀孕　流产　失恋　饥饿　孤独
可不可以不再害怕　警察叔叔　护士阿姨　居委会
大妈　长胡子老头
可不可以不再害怕　你我之间悬而未解的匕首

我可不可以不这样生活

拿走贫穷的自己
拿走铭文中的空白

拿走漫长的黑夜　和其中轻浮的骨头
留下你们去偷　去抢
去成为　我身体中最洁白的敌人

濮阳街头

没有人问我从哪里来
我从我的身后走来
握着糖葫芦和异地的光线
在濮阳的街头
做一个陌生的女人
过着干净的余生

原载《中西诗歌》2006 年第 2 期

预　演

冷若梅

嘘，不要出声，让我们安静地躺下来
这会万籁俱寂，来，听听我的心跳
摸摸我的额头。吹吹这只笛子
看看这从唐朝带来的天籁
会不会让你成为我改朝换代的真命天子
流言
当一个人经过春天的残骸，这碎裂的美
由此聚集的空气，划过指间
将一支曲子捕获
无人知晓的内幕被众多的兽拉开
站在空空如也的舞台
口水迅速漫进一个人的胸膛

原载《钨丝》2006 年总第一卷

仰　望

山上石

现在，我逐渐隐藏在金黄色的太阳背后
不说话，像一个孩子般睁大眼睛
那些光芒怀着柔软，像我脸上细小的毛发
因怀念而向四周倾倒，我已经有很长时间
没有像现在这样，去注视和怀念
一个人，一条街道，或者一个傍晚的到来
我似乎已经提前进入了这样的暮年，不断记忆
和丢失，当生生不息的黑暗上升到楼顶
我则像个熟睡的人，充满了无知和安静
周围满是光，它们一点一点靠近我的身体

原载《诗歌》总第7辑

有时生活……

麦　岸

就像一个漏斗
所有的细节都没了
我抓在手里的
只是一些粗枝大叶

原载《诗歌杂志》2006 年第 4 期

沙尘暴

罗　铖

有风带着沙尘而来
在黄昏的归途，我站在风中

开始想你，像一朵含苞的花朵
想念清晨的阳光与露水

黑鸟飞过屋顶
穿风的声音是昨夜梦里的声音

我不知道，有没有一颗沙尘
能够堵住一滴泪

一个人站在风中，转身的背影
是一枚钉子，慢慢地钉入黑夜

原载《终点》2006 年总第 5 期

时光的叛徒

梅花落

圣诞节的柜台上我用过的账单已经积累到 26 元
一分钱就可以收买我的一年
我饲养的宠物曾是我造成的战斗机
直接把我投进地平线，在巨蟹座还没长大的那边
我只能看到亡命的鲸鱼
死得比集体还要多。那年结婚是一颗蛀牙
他端枪的姿势像个杀手，在月亮上行动。
歼灭认识和不认识的星星
2006 的钟声几乎能将我震晕

原载《新汉诗》2006 年总第 4 卷

履 历

幽 云

事实上，我的履历不写在纸上
而在心中。它是体内的一条河流
标记着出生年月和父母
以及成长经历，它没有停顿
它只是一条流着血的河
科尔沁草原上一条细小的路
有着几代单传的名字：西拉木伦河
（蒙古语里，神圣的水）
陌生的城市里，我像乞丐被狗追咬
没有人知道我的姓氏和籍贯
我的生日、恋爱、亲人
我的履历是一条不为人知的河流
三十年，河面漂着的舟楫老了
河床上的沙子老了
河边打鱼的二叔和二婶也老了
夜这么黑，他们一定不会注意到
我一次次地掏出这张履历
一遍遍擦拭，再满怀愧疚地收起

自画像

我不得不再为它做手术了
这张自画像作于
二十岁，然后我不停地修改
去年增补了些胡须
还有额头上的抬头纹
删减了一些头发
去掉了眼角处隐藏的一颗泪
也把脸型修得瘦削了些
把眼睛描上沧桑
在脚下的石头旁画上条小河
今年呢，首先要加一副墨镜
用它来遮住眼睛
这样我就不再欢喜不再悲伤
在生活的路上安静得像一棵树
现在牙都痛了，它们累了
这些与我共过患难的战友
在为我嚼过无数的米粒和沙子
之后陷入疲惫状态
但不能全部拔掉
唯一能做的就是让嘴巴闭上
然后悄悄地给它们放假休息
最后还要把所有的骨头
描黑，重重地描黑
让它们全部凸显出来
让所有亲人和所有敌人都能够看到

因为到了三十岁
一个人努力地活着
就是为了对得起这堆骨头

原载《思想者》2006 年第 3 期

耳　鸣

艾　蒿

过于安静的夜晚
我听见了自己的耳鸣
越来越大
叫我不得安宁
突然想起来
这是不是某些人所说的
天籁
我也开始学着浪漫一点
保持微笑与博大胸怀
试着把电锯般的耳鸣变成
来自天堂的声音

原载《诗歌》总第 7 期

燕燕的冬天

——或者回燕燕的一封信

陈　言

信上说你一再搬家
日子陈旧而简单
在厦门某条小巷拐过你的冬天
我一再惦着气候是否能与你和解
你写到窗台上长着绿竹，一些不多的
阳光照耀你懒睡中的河流
那些被丢弃的时光抚摸
风的冷骨头
信中写到
你将一个人度过这个漫长的冬季
看鸽子如何飞远
在厦门，那没什么不同
犹如在漳州平和，你将丢开那些词语
痛苦的经历仅仅是闪电把生活的脸照亮
你说你需要一个真实的现在
比如椅子上的布，酒杯中的葡萄酒
床单上的书籍，一碗卤面
显示器亮闪着的电脑
你等待一辆习惯中的公交车
那永远是开始
你抬头看看细小叶子上的尘埃

你说季节真的来了
想到那些应该绑着围巾的夜色
日子又纷纷回来
信中没有提到安慰
石头没有想过应该开花
在冬天，我惦着你瘦小的身影是否
高过毕业论文的资料
那些笑容理应回到一个热爱生活的人
肩膀上。在冬天
信中理应提到
不被承认的生活是正确的生活

原载《诗歌报》2006 年第 3 期

大　桥

非野马

大桥老了，车爬上去时
它，竟有些颤抖
河水还是一样的流向，只是
更黑更瘦
曾经，我把十八岁的夏日
放在了桥下小屋四周
那时，我根本没有想到
多年后，会以这样的心情经过

原载《今朝》2006 年第 2 期

杨正敏死了

朵　孩

是患病毒性脑炎
死的
她在贵医
住了半个多月
贵医救不了她
又转到遵医
住了半个多月
遵医也救不了她
她就死了
杨正敏死了
贴在教学楼大厅里
为她捐款的那张
倡议书
却还没有撕

原载《诗歌杂志》2006年第4期

减少（2006 年春）

刘红霞

我们看到小鸟起落
因此这世界的轻盈又减少一次

我们看到树木挂满花朵
因此这世界的春天又减少一次

我们看到一些人相聚在一起
因此这世界的相聚又减少一次

我们看到另一些人相互分离
因此这世界的分离又减少一次

我们看到了，我们的看到也在减少
我们听到了，我们的听到也在减少

我们欢笑欢笑就在减少，流泪泪水就在减少
爱，爱就在减少；恨，恨就在减少

亲爱的上帝，请为我举出例子：

这世界，什么在增加着，如同我们增加着的失去？

原载《诗刊》2006 年 11 月上半月刊

公共汽车上的人们没有忧伤

张弓长

公共汽车上的人们
没有忧伤，他们
像被固定在车上的零部件
上面覆盖着灰色的油垢
有时随汽车晃动，
但没有
日光照亮他们的
内部结构

原载《广西文学》2006 年第 10 期

空　心

惠诗钦

我感觉我的灵魂死了
尽管肉体还在
我怀疑心是间似空非空的房子
早已从指挥思想的岗位上
退居二线
我的左手不听使唤
右手也同样
他们只会统一地叠放额头下面
共同托举一个没有内容的大脑
我睡着了
在一个不安排午觉的季节
在一个坐满了人
却没有人管我的环境
从上一节课的开始
到这一节课结束
那些笑容满面的老师
并没有忍心打扰一个
虚弱的孩子
据说她们没有讲课

据说她们没有在其他人的怂恿下

借用多媒体教学的空档

组织学生听歌和看卡通片

雷　声

从窗子缝里钻进来

为了填满我的听觉

也为了敲打醒我困乏的知觉

站起身　推开门

大雨将我的周身湿透

久久地伫立　感受着

一瞬之间分外的清晰与模糊

原载《特区文学》2006 年第 4 期

若不是你

唐　磐

若不是你　我简直可以诅咒爱情
我简直可以用埋葬死鸟的方式歌颂离别
用波光捕获鱼鳞的方式穿越忧伤
用兽的前爪描绘一张田野的图画
我将指证它为唯一的真实　唯一的广阔
唯一有所价值的颠沛

一些人必须为另一些人死掉
妻子的酒
母亲，饮吧，像瘟神一样举杯吧
像格子衬衫一样单薄得发抖吧
像石榴籽一样洒落遍地吧
你本可以有尊严地老迈
若不是我
你本可以啄瞎堆砌重重的愁困

一些人必须为另一些人哑掉
若不是你
我简直可以抵挡千山万水的谎言

我简直可以裹住沉入骨髓的叹息
我简直可以走进蝴蝶与花衣裳的四月
经受一场深深浅浅　草绿色的雨水
若不是你　我本可以饱食整个冬日
我本可成为一万颗平静跳动的行星之一
我本可以忍饥挨饿地等待
亲吻棉花　亲吻粮食
亲吻枪炮坚定的嘴唇
亲吻每棵为情人植下的玫瑰

若不是你
我本可以嘲弄直至清晨
像浅滩的每只鹭鸶
安睡一个个静寂的黎明。

原载《西湖》2006 年第 7 期

落叶街

黄列云

我所居住的落叶街
是一条两边生满梧桐树的
望不到尽头的街道
我在路边
只是看
也许我已经失去了
行走的勇气
不想知道路的尽头
会有怎样的世界
落叶街
就是这个样子
在夏天，一个不落叶的
季节，阔大而碧绿的叶子
遮满了天空
也许到了秋天
它们会像雪一样把整条街道覆盖起来
现在只是夏季
这个不落叶的
季节，那么多个夜晚

当我要穿过马路对面

我站在树根下

像一个不知所措的孩子

茫然地等着绿灯

总是被飞驰而过的汽车卷走

像一张

夏日里最瘦的落叶

原载《广西文学》2006 年第 10 期

邂　逅

穆火红

好几次我们在大街上邂逅
老远就相互微笑
走近亲切拥抱和寒暄
询问起近况及家人是否安好
还互换了新近的电话号码
彼此相邀有空来坐坐
同时大家都又很忙
于是再度握手匆匆别过
转过街角
把刚刚写了电话的纸条
随手扔进垃圾桶

发　现

我发现在我居住的这座城市
冬天无雪，终年少雨
气候反常空气灰暗污浊
行道树尘灰凋敝，绿色稀疏
而星空总像在雾中一样模糊

我发现在我居住的这座城市
人潮决堤般从四面八方涌来
街上喧嚣云集，处处拥挤
形形色色的欲望在不停地追逐
没有一个地方能够清净地栖居

我发现在我居住的这座城市
暮晚霓虹闪烁，夜色妩媚
青年们惯留长发，着装怪异
大批的人在积极投入恋爱
无暇顾及结婚生子

我发现在我居住的这座城市
人际间总有层厚厚的隔膜
温情像融冰日渐稀薄
而人们彼此早已习惯：
虚伪周旋于虚伪
以冷漠对抗冷漠

我发现在我居住的这座城市
楼盘猛涨，菜价狂降
两极分化走向极端
美其名曰改造自然
机械在城郊肆意扩张
而乡村无力抵抗

我发现在我居住的这座城市
市声不落日夜像尘土飞扬
大街小巷潮流泛滥
任何事情都一致地向金钱看齐
物欲横流而精神缺乏

我发现在我居住的这座城市
现代社会坚硬灰冷的钢筋水泥
日益将人类心灵的天窗关闭
人们喜欢隔着屏幕说话
陌生人比邻而居
高楼下许多人艰难行走
但没有人逃离

原载《五月》2006年第4期

镜子和我

李　冰

在墙壁两边对放上两面镜子
空间就在重复中无限扩大
我看见无数的自己在惊奇地看着
被无数个陌生的自己吓着的自己
到底是哪只眼睛看见哪个自己
手足太多，以至于
无处可措

惊恐，像黑暗一样蔓延开来
瞳孔里面也有着对面镜子映出身后的镜子
镜子，也会在我体内
迷失

原载《广西文学》2006 年第 10 期

野　火

或　者

火的叙述从一根火柴的呢喃开始
风的抒情铺张声势，野草
就要从脱口而出的呐喊，从绿色
缄默成灰，一大片乌黑的言辞
春天不再演讲的绿嗓子，内心
张不开嘴的苦衷，像一个人
苏醒了情欲，却又阳痿的秘密
像一双眼睛在光明的顶端睁开
的黑暗，像这些无用的比喻，呆呆地看着
焚烧后的山谷，虚弱地冒着残烟

原载《诗歌》总第 7 期

鱼　影

吾同树

一缸小鱼，陆续死亡
只剩下这最后的一条
差不多被我遗忘
在夜里，它弄出一点点小小的声响
惊醒了我，我从被窝里探头窥视。
冬天的月光，从贴了瓷砖的地板上发射
我看见鱼缸里那小小的黑影
发出隐约的光芒，燃起又熄灭
夜晚如此静谧
生命如此简洁

一棵发黄的小草

下午，在老城区，一家咖啡馆的二楼
喝苦咖啡，小匙敲着白色的杯子
我和她，都是静默着，看街景
天上的云朵很少，蓝是薄薄的蓝
我看到对面的老房子，褐黄的瓦片中间
有一丛小草，长长的条状叶子
嫩绿嫩绿的。但是，认真地看

还是会发现，其中有一棵是发黄的
如果不发黄，那就是最完美的小草
叶子就像精心梳理过的长发
而现在，发黄、憔悴，和这春天的背景不合时宜
我看看她的长发，然后看看街角小发廊里
翘着白腿目光黯然的小姐，她也有一头长发
被染成了金黄的颜色，披散在她紧身的黑皮衣上。

街上车水马龙，尘杂的声音和咖啡馆柔柔的音乐
都让我感到有点不适
而她，低着头，温柔地搅拌咖啡的泡沫
那是杯卡布奇诺，香浓的味道，我都能闻到。

原载《中西诗歌》2006 年第 2 期

但

羽微微

但我竟然不害怕。

我长了腮。但不潜水。
我长了翅膀，但不飞翔
我长了光环，但不祈祷

我长了海。但不肯蓝。
我还在身上长了许多时间，但不快乐
我长了药方。但不痊愈

我长了花瓣，但不柔软，也不盛开

最后我长了死亡。但不害怕。
但我竟然不害怕。

黑暗里那些泛着微光的

这么多年来，你总是站在镜子前面
想看清你的快乐
看清快乐的皱褶和纹理

那些快乐久久不来
你便固执地站着站着
痛苦向你浮现它的赤裸
你便摇头，否认等待的是它
还做出愤怒的表情
恐吓它们
还把自己放在黑暗里
黑暗里那些泛着微光的
是你多年来感动过的事物
它们因你的感动
而一直没有把你遗弃

原载《诗歌月刊》2006 年第 2 期

玻璃复制的脸

乔光伟

上午八点　穿过向西的街道
我的眼前闪过医院
刹那间我看到玻璃后面
护士小姐麻木呆板的一张脸
一身的白衣使她更苍白
苏打水的气味迅速在我身边扩散
而三个穿着青春的女孩
匆忙爬上巴士
透过车窗玻璃
她们涂满唇膏的嘴唇
让人眩晕并恐惧

上午八点　我一天中最快乐的时刻
看到这些玻璃复制的脸
这失真的场景
把我的内心一点点掏空

易拉罐啤酒

“啪”的一声，像这个城市

很绅士很优雅地
打了一个极漂亮
极具挑逗性的响指。
白色的泡沫
像因压抑而倍加愤怒的欲望
“嘶”的一声，尖叫着
箭镞一样呼啸而出

易拉罐啤酒
在城市的幕布上
涂抹眩晕和妖魅
急剧扩散的泡沫
像一阵小西北风
在我们的眼前晃动了一下
一个捡破烂的老人
“啪”的一声把它踩在脚下
尔后便被迅捷地装入一个
肮脏破旧的塑料袋
随后进入市郊的废品收购站

一场虚妄幻美的游戏
从易拉罐开始
又到易拉罐结束

原载《诗歌月刊》2006年7月下半月刊

我们：给月光

木 杪

像祷词，更像是虚假的赞美
而我们一直在迷恋说谎的人
我们习惯用虚构来诠释虚构
你看，那些纸上的花越开越白了
模糊的光把两面的窗连成一片
而门锁只是虚设。我们被什么所围困？

似乎是水局限了我们的肉身
又似乎是水把我们出卖
而黑暗让我们成熟。我们学会思考
学会烘烤咸味的面包。从慢抵达慢
现在，我们又聋又哑。慢慢来临的秋天
将把我们带到另外一个地方

匆 匆

此处宽阔，湖水微凉
水面上依稀有带翅的昆虫掠过
似乎有流水的形状，细小的波纹
你在柔软的草坪上望天边的孤云

望远处熄灭的灯火
宽大的梧桐叶碰一下就落
好年华悄悄地流啊流……
口袋里的道具一用就旧
你体内的小马达只提供了伤感的磨损
关于生活。哦，其实，你无话可说
你只是轻描淡写地问候了她

原载《诗歌杂志》2006 年第 4 期

最为悲哀的事

——写给妻子

续小强

在沙发最舒服的那个位置
你把自已放了进去
整整一天的时光
那个坑都在扩大着
忧郁和疲惫，重
重，压扁了弹簧

原载《莽原》2006年第5期

晨 景

范 倍

在林间小道上走，我睁不开双眼。
一些瞌睡仍然紧抓着我的细胞。

冷风吹过路旁粗糙的石头，
一只鸟在暗处低低鸣叫。

一个早起的少女打哈欠，扭动细腰肢，
而我（迟到的幽灵?）却忽然想起
昨夜使用过的旧机器。

原载《终点》2006 年总第 5 期

想起荒原

涂　灵

今晚的月亮中了毒，是蓝色的
我的呼吸和姿势开始局促
平淡中，荒原是那样清晰可见
雨水让野草充盈
一些灰兔咀嚼时光，光明而鲜亮
斑斓的温暖，重温盛夏即将到来的燥热
无人的荒原，水色缓缓移动
七色花芳香袭人味蕾败坏
风，永远是妖冶的女子
不经意中让一切缅怀变得软弱无力

原载《佛山文艺》2006 年第 2 期

我为什么喜欢黑夜

段　磊

黑夜有着足够的黑

让我一伸手

就触摸到灵魂　并且

敢于羞愧万分

我注意到爱情

像灾难

突如其来

猝不及防

像多年来每天晚上突然亮起的灯光和

悲伤

一下子

就充满了

整个心房

原载《诗歌》总第7期

日记簿

白鹤林

1

写满一本日记簿，需要
多少词语。除了不更事的年少
可笑的眼泪，是不是
还需要，一支忧郁的钢笔。以及
一个中年男人
不可避免的心虚。和耐心

2

“为什么每一本日记簿
只写几页，就扔掉?”
母亲总是在抱怨。有时候
我会怀疑她，是神仙变化的间谍
因为，她总能看透我内心
日渐滋生的自私。和疾病

3

有些习惯可以改掉，但

有些习惯会像一场梦
追随一生。就像吃饭的时候
我仍像在摇篮里时一样
不专心。即使现在结了婚
仍习惯，在入厕时看小说

4

幸福的日子总是在做着
精确的减法。日记簿却增加了一个
又一个。但我还是不习惯
把新的写满，总是让它空着
在每一个夜晚。听它们
哭泣。或自言自语

5

日记簿啊！它是每日的早餐
和悲伤，消化昨日光阴。而在每一个
伏案的夜晚，它又变成添香的
红袖，触摸墨水深蓝色的缄默
日记簿啊！我还能记下什么
除了丢失的欢乐，和童年的五角星

6

如果生命变黄，像一页日记
如果记忆褪色，似一声叹息
童年受伤的眼睛，还会不会看见

村庄的疼痛。一个离乡的人
还会不会吟唱
一曲遥远、泪流的歌谣

7

或许，记着一个地址
已了无音信。夹着一页信笺
已不复存在，远走他乡
尘封的日记簿啊！
已经破损。却如初记着
潦草的、幼稚的诗行

原载《终点》2006 年总第 5 期

学　会

胡应鹏

我现在需要的是：
忘记从前刻骨铭心的回忆，学会
小声说话。取之有道地爱财
学会，对人有所防范。学会避开，黑暗深处
媚美的刀子。关键要学会
沉默，让话语转弯，让洞察力
游刃有余

我还必须学会，容忍季节紊乱，学会
像个庸人在时尚的旋律里，和流行一道游行
学会吃街对面小吃店的泔水油米粉，学会
用罗米粉家的“回锅”肉充饥，学会
在中国做一个伪劣产品的消费者，学会感激
本来属于自己的权利

当然，我更要学会，换个风格写诗，不必
在小城那样悲天悯人。学会，写两首
骗不了自己，但能够骗别人的网络歌曲
还有，要学会欣赏，美得动魄惊心的异性

虽然她们没有和外表一致的内心，至少
可以增加诗歌里蛰伏的雄心
2006 年，不知房价会不会坚挺，不过
必须看到，开发商和有权机构，怎样
在茶楼里密谋，制定计划，从完美谎言里
从人民的钱袋中，牟取更多的利润
必须学会，心甘情愿地到高档时装店接受敲诈
学会，穿得道貌岸然地拜访客户，采写“新闻”
必须学习打“斗地主”，顺理成章地融入
这个充满刺激的社会

行文至此，不由感慨：2006，我怎么会
变成这种人！

原载《终点》2006 年总第 5 期

黑色的煤，黑色的矿难

贺澜起

从没有感觉到
煤
像今天这么黑

矿工黑色的生命
矿主黑色的心肠
和
见不得阳光的黑幕

黑色的煤燃烧起来
散发着丝丝寒意

原载《海拔》2006 年第 1 期

暴雨将至

杜绿绿

两块大小均等的、模样相似的
小爪儿也差不多数目的灰色云彩
分别从南、北向吊车对面的楼聚集
轻飘飘，像刚撕裂的棉絮
引来观众，阳台上探出许多脑袋
有人整个身子吊在空中，有人抱着婴儿
啼哭声混进车流，有人说：
“多想跳下去啊”。这是在大楼的 23 层
说话者是一个年轻的广告策划人
籍贯湖南，男，白净，与女友同居
他主持家务，有考研想法，此刻，他
朝下望去，湿漉漉的地面
小花坛开粉花。听众聚在一起
抱住胳膊，除了米奇包美编
都是外省人。他们来自河南、重庆、安徽、湖南
中午开会，讨论隔壁煎的黄鱼属于哪个菜系
以改良粤菜做结论收场。安徽人
抗议，“是绩溪徽菜馆的招牌菜味”。
他看到两片云跑动着，钻进阳台，像两只

肥大的老母鸡掉进汤锅。白净的湖南籍策划
踩着它们，从窗户跳出去了。

原载《诗歌现场》2006 年秋季号

有　次

李　兵

有次，我在大街的公话亭里，
接听了一个无人理睬的电话。
“等一等，请等一等。”
“他”焦急地说，然后离去了。
那天我正伤感，所以
就真靠在那根电线杆旁，透过话筒
听了十分钟别处的风声。

原载《终点》2006年总第5期

有关想象

从　文

鸽阵，低低地飞
使地平线
在麦苗上摇晃

绵延的远方
和大地
若接若离，白云
一个连接词，一直延伸

我在别处，离他们很远
在不知名字的某处
看着它们，忽上忽下

我和诗句
一直延伸
是他们的颤抖
抑或是他们移动的想象

原载《终点》2006 年总第 5 期

过　河

翟见前

我一定要游过河去
被这个念头左右
我错过了很多
过河的机会

对岸的人向我招手
他们不知道
我还在那个念头的河里
泅渡……

原载《海拔》2006 年第 1 期

想起北京

辛泊平

突然想起北京　在病中
这是个奇怪的逻辑　北京
古代的首善之区　文化人扎堆的地方
政治领袖居于斯天经地义
可笑的是文化人　也觉得
只有此地才能诞生领袖和班头
观念成了习惯　于是文化人
便真的以领袖派头
飞往祖国的四面八方
吃点　喝点　拿点　玩点
煞有介事地扯扯淡　然后
心满意足地打道回府　遛鸟谈天
在北京　他们管其他的地方叫外省

原载《诗歌杂志》2006 年第 4 期

陪父亲喝酒

邹　旭

我们越来越像兄弟，无语对坐
中间只剩一碟花生
酒瓶在我们手中转来转去，越来越空
是担心我不胜酒力？你一仰脖，交出杯底
转眼，又给自个斟了满杯

酒醉心里明啊，父亲。你的内心
是一座隐秘的火药库
你把它从心底移到手上，儿子面前
变成了节日的绚丽的烟花

好几次，我试着想说声
对不起。一位父亲向另一位父亲忏悔？
你若无其事地拍拍手
拈起一粒最大最饱满的花生
把它送到我的手中

父亲，你醉了。干完最后一杯
你进错了房间
但你装作看你的宝贝孙子
就在我俩相互礼让却又撞在一起时

窗外，新年的炮仗连成一篇雄浑的乐曲，
响彻天宇

原载《海拔》2006 第 1 期

我需要的一些月光

林　莉

更多的时候我什么也没有
只是一个人在观看，等待
从旭日路上的香樟树下经过
我经常是一个人
在一天和另一天之间
猜测，模仿，克制
但我从不染指探究
我知道一定会有偶然的机会
一片戳穿黑夜的白羽毛
越过锁紧的蓝玻璃
降落到我的脚背上
赐我以崭新的兴奋和紧张

原载《星星》2006 年第 7 期

干一杯

子梵梅

为今天的光和雾干一杯，三月
为忽忽作响的不安和动荡干一杯，三月
为广播里我们的理想在希望的田野上干一杯
为冻得发疼的脚趾之夜干一杯
为悬空的另一双手干一杯

一共干了几杯？继续啊
为苦涩的勇气干一杯
为假想敌和荒诞剧干一杯……

最后一杯，我留着它
在你来了又要离去之际，对着一尊刻骨的影像
同口同心干了它，极乐和痛楚！

原载《诗歌杂志》2006 年第 4 期

纸

大路朝天

大多数时候
纸是用来写字的
可以赞美诬陷嘉奖下达执行死刑的命令
可以贺喜报丧道平安鲤鱼跳龙门
可以把不敢说的话表达清楚求爱或者分手
但纸还可以把不便公开示人的东西包起来
可以印成钞票打成支票让人把自己都卖了
可以擦嘴或者擦屁股
甚至仅仅是拿来
烧了

那个民工站在路边

那个民工站在路边
出神地看着
我也站住看
可对面只是一家拉面馆
停电了
里面点着几根蜡烛
没什么特别的东西

原载《东部》2006年秋卷

我并不是一个爱跟生活抬杠的人

古　岛

其实，我并不是一个爱跟生活抬杠的人
我跟生活早已握手言欢称兄道弟多年
有很多时候，我还在不知不觉中
成为它的同谋和帮凶

真的，我并不是一个爱跟生活抬杠的人
只是生活常常不按常规出牌
所以，我只好和生活
反
着
来

原载《行吟诗人》2006年第8期

不可说

蔡　勋

在夜的长廊
风的倾诉不可说
在泥土深处
鱼虫的呼吸不可说
在佛的青灯前
莲的心事不可说
在岁月的足迹中
有一把消蚀的钥匙不可说
在云淡风清的你面前
有一丝轻轻的叹息不可说

原载《诗刊》2006 年 8 月上半月刊

我们的心已满

阿　门

书中的扑腾声我已厌倦
在网中，我不再囚禁自己
要飞，就像鸟一样飞翔

风吹动犹豫的手指
风劝我冲动一次、相信一次：
爱就是你爱的人允许你爱

用一个鸟语，告别所有的花香
我们自然——自燃！像跳动的心脏
跳出左边的激情，右边的平淡

用一个爱人，忘却所有的情人
我开始带着浪漫去散步
我开始，小心收藏舌头上的甜蜜

风暴在内，风景在外
我们不做一阵风的事。我们是
彼此的风景，喜欢就说了

天堂在上，地狱在下

中间的阳光在中午、在中年
已足够我们解渴、取暖、唠叨

你的心已满
我们的心已满

原载《南方》2006年第2期

民　工

熊　焱

他们来自乡下
他们要去的地方很远
那里叫生活，或者叫漂泊
这是一个冬天的夜晚，在火车北站
我看到他们裹紧厚厚的衣服
像粽子，还像粗糙的红薯
横七竖八地躺在角落里
有的已经睡去
口角的涎水湿润了梦里的乡情
搭在身上的被子
就像命运中一件单薄的风衣

我轻轻地穿过去，把脚步一再压低
这群来自乡下的民工，我和他们似曾谋面
年长的，有我的父老乡亲的面孔
年轻的，有我的兄弟姐妹的眼睛

原载《诗刊》2006 年 1 月下半月刊

这么近

林柳彬

这么近，我离一口井和一碗水，
离它们之间奏响惜别的音节，这么近，
像松脂
被泥土捡拾，我已经熟悉。
我打扫门庭只是为了照看
一只鸟和它的羽毛，一枚羽毛和它
划破的光与影。我是我自己的客人，
我来了。

原载《新汉诗》2006 年总第 4 卷

我们活得像真的一样

贺　勋

1

我可以不谈论黑暗，不谈论内心的火焰
我可以不谈论过去，不谈论美好的明天
甚至我可以不谈论爱情，朋友和亲人
或者我什么都可以不谈

当说完我的时候我看到了你
我认为我和你不只是发音不同
我有必要谈论一下我们的关系
“我只会因为你们死去而热爱你们
我也会因为我的死去而热爱你们”

2

我看到被我遏止的形容词再次出现
看到粮食成为毒药，看到笑容成为刀刃
看到行走成为驱赶，看到端坐成为看守
我看到了你们没有看到的全部真相

我还看到了你们，你们和我长得一样
我们表情整齐，我们活得像真的一样

原载《西湖》2006 年第 10 期

风会把多余的事物带走

杨　麟

杂草。乌云。寒冷。鸟粪。废弃的报纸。
塑料袋。枯枝。败叶。臭袜子。避孕套。疾病。
这都是一些多余的事物，都是一些生活的
孽种。我们不能留存它，就让风带走。
就像风带走春天里剩余的冬天
那样利索。那样快。那样不留痕迹。

换一个角度去描述

不要从左边，也不要从右边，更不能
从前边和后边，上边和下边。
请换一个角度讲述，撇开我虚拟的
外套，去讲述我的热爱，虚无，
宽厚，温存，粗野。讲述黑夜对我的
宽恕，照耀和抚摸，还有我
与生俱来的孤独与蛇一样的寂寞。

在火车上我遇上一群民工

我遇上一群回家的煤矿民工。
他们带着老婆，孩子
带着在煤矿上使用过的旧矿灯
旧棉被，旧拖鞋，旧衣服，旧碗，

旧闹钟，旧手套，旧牙刷，旧牙膏，
旧洗发水，旧肥皂，旧毛巾，旧铁桶，
旧玻璃镜，还有一小袋已经发了
绿霉的面包，与我在一节车厢里。
他们横七竖八地躺在车座
或者走廊上，我的一只脚就站在
他们身体的空隙里。他们在那里
疲惫地打着瞌睡，打着呼噜
他们在睡梦中梦想着家的温暖和快乐。
偶尔他们还会用枯瘦的手在头上
抓上几把，指甲里还残留着
黑色的煤灰。偶尔微微睁开左眼
看看四周，用右手摸摸藏在内裤里的钱。

原载《特区文学》2006 年第 5 期

打　扫

林　混

一位清洁工打扫落叶
扫过之后
后面又落下了一些
她过去重新扫了一次
当她推上垃圾车离开时
又落下了一些
她放下车子
又去打扫了一次
这个下午
这位清洁工
如此周而复始地弯腰
不停地摆动手臂
黄昏降临
炊烟升起
她推着车子离开了人民街

原载《诗歌月刊》2006 年 7 月下半月刊

市政府大楼

雪 松

市政府大楼恢宏地耸立
在它庄严的气息和巨大的圆柱之间
我偶尔听到几声鸟鸣
那鸟鸣声羞怯、孤单
与整个大楼之间
有一种体积上的悬殊
我看不见它们的身影
但从声音里分辨出：它们是麻雀
是与这座大楼有关的
最小的人民

枯 坐

在深夜里枯坐
仿佛大事来临之前的无所事事
一盏孤灯，无边夜色

在我的头脑里
什么都不映现
星辰、露水
前身、后事
一切都不说话

我的身体正在变凉
像夜色里升起的寒气
我是尚未聚敛的碎片
远远近近地散落

双手交叠的荒凉
枯坐里没有思想
但黎明是一件大事
对于它的降临
枯坐是一门古老的道德
就像夜色里的草、树和土壤一样

原载《上海文学》2006 年第 7 期

多么爱

阿　毛

我多么爱啊，
所以用尽世间所有的词。
以前，我用得最多的是形容词，
其次是动词。
那时候，我拥有星星
那样多的形容词和动词。
现在，我用得最多的是名词，
也只剩下名词。
昔日丰满的血肉之躯，
只剩下一张带血的皮，和一把嶙峋的骨头。
白天我写诗，是替不能再爱之人，
还原夜晚的盛宴：
是用骨中之磷，点燃星星和露珠；
晚上我写诗，是用滴血之皮，
替不能倒流的时光，
还原青春的天空和大地。
我多么爱啊。
所以用尽了剩下的名词，
也用尽了这血肉之躯。

青春之忆

另一些少年的脸上，
有挥霍不完的青春。
但在你处，遍寻不见，只闻
一场宿醉，
和文字的眷恋。
时间之风在最嫩叶片上的尖叫，
并不比石头上的小。
仿佛最哀怜的抒情。
这样的磨砺教会你——
置最坚硬的部分于最柔软处。
重音轻唱，
重音轻唱，
让细小的温暖漫过眼角：
……；
是文字让时间说：
“青春逝去，但仍能记忆：
爱死去，但仍能呼吸。”

原载《芳草》2006 年第 3 期

空心的村庄

柳冬妩

门前的路被杂草掩盖
我只能在记忆中分辨出来
一些亲切的门已不存在
剩下的门一直关着
锈迹斑斑的锁
等待偶尔的打开和最终的离去
钥匙锈在千里之外的背包里
藤蔓蜷起衰老的身子
从灰黄的土墙上泛出新绿
稻草在房坡上一天天烂下去
几只麻雀啄食着稀薄的阳光和自己的词语
跳跃的技艺与众不同
与众不同而显得怪异孤立

背着无处不在的绿色屏障
故乡的村庄像我的血液摇晃不定
我自己早已是瞬间的一瞥
就像这些沉默的树叶
在沉默的小路上，眨眼之间长出
更多沉默的树叶
风轻轻托起枝头的寂静

熟悉的人越来越少
陌生的狗越来越多
我望它们一眼
它们也望我一眼
我真想像狗一样对着村庄狂吠几声
让沉睡的鸟儿一只只苏醒

乡村的豆荚

我们这些乡村的豆荚
在城市里等不到成熟期
心已憋闷了许久
但我们不敢打开自己

原载《行吟诗人》2006 年第 8 期

以垃圾的名义

阿 斐

世间最肮脏的一分子，我以垃圾的名义宣誓：
从此脱离优雅、崇高、理想、奋斗
脱离所有羁绊
以垃圾的形状、垃圾的呼吸、垃圾的头脑
活在这个世界上，你们的眼皮底下
以肮脏为荣，以死亡为终极目标
以垃圾的名义，取消你们
任由你们皱眉、捂鼻，像害怕死亡一样远离我
你们痛苦的时候我大笑
你们自杀的时候我观看
就这样，我取消你们，视你们为无物
取消你们的蔑视，取消你们的愤怒
取消你们的躯体和感情
以垃圾的名义，公然暴露自己的野心——
世界：我以及所有同胞的天下，巨大的垃圾场
人民：繁衍后代的机器
我借风飞扬，穿越高山河流、国家村庄
穿越无辜死亡者堆积成山的战场
穿越吸毒者瑟瑟发抖路过的街道
穿越美国的繁荣、非洲的苍凉
穿越太平洋的怒涛和喜玛拉雅山顶

把我的气味带到世界的每一个角落
带到你们每一个引以为豪的场所
以及垂死者的必经之处
我在你们和你们尊崇为神或上帝的视线里
悠然而过，不带一丝表情
以垃圾的名义，我死后渗入土壤
渗入你们的根部，你们祖先以泪洗面的最深处
触及中国孔子腐烂的神经，安详而眠

原载《上海文学》2006 年第 1 期

想　念

祁　国

把耳朵贴在自来水水管上
听
听远方那条河的声音

哗啦啦
哗啦啦
哗啦啦

打开水龙头
水龙头颤抖了一下
没水

原载《诗歌月刊》2006 年 2 月下半月刊

往寒冷的深处去

白　鸦

车往北驶
一路上　冬天尾随而来　露出
固体的形状
天空从两个小时前开始疏远我们
在我的想象中　敦化　应该与
朝鲜的女人有关
与带皮的狗肉火锅有关
我日以为继的事业则与贩卖有关
途经廊坊的时候　我瞥见它
破败的一角
鸟差不多绝迹了
暮色挤压我的穴位
不规则的冰沾在车窗上　没有
香气
很多人在远处的冰面上走动
他们凿那些孔
最初　我以为他们在捕鱼
烟囱有点弯曲　我呼吸到石油
的味道
他们在美丽的冰面上干着与
捕鱼无关的事

这个冬天一路颠簸　停不下来
杂色的塑料堆积的很高
一些废旧的铁器被冰包裹　像
要奔跑起来
车过吉林市的郊区　一些人裹
紧棉衣　往回赶
雪地里的房子稀疏地依偎　门
一直紧闭
车往北驶　往寒冷的深处去
冻僵的灰尘一直没有安静下来
一路上焦味弥漫
一些树
一些灰色的树
固执地站着

原载《新城市》2006 年总第 14 期

寂　静

戴小栋

看到鹊立于枯叶飘零的枝头
知道又一次跌入冬天的底部
统一的铁灰寒冷，统一的凄清
一辆微型汽车泊于命定的
虚空。12 月 31 日，疲惫的羊尾巴
沙沙地拖完了一年的路
无助的纸花盛开，时间静静地喧哗
狂飙过后，女人重新把冷漠做成茧
或者刺，挂在依然矜持的脸上
一条绳索被想象着松开
下落，银针触地的声音清晰可辨

这个冬天，相爱的倦了，求生的死了
十二盏枝形灯粗劣地悬于头顶
灯下，是一些剩余的亲人

原载《诗歌月刊》2006 年 2 月下半月刊

在嵊泗碰上台风

李国平

我决意要走到狂想的中心地带
收拢不住风书的喘息，拆散
回家的秩序
就像睡在云朵，看见屋顶惊涛汹涌
把我们饥馑的头颅擦过又擦
脱不出时间栖居的憔悴
这个单人房间只是一个
不供人眺看的舞台
仅仅有沫屑虚掩的门想急于带走
一群鳞光闪烁的鱼孩
直到将孤独衍生出的孤独
视为一种奢侈
而强台风警报就是一枚强心针
抑制得住大海的体温
仿佛在散鞭的侧影下
与风类似的事物闪着兴奋的眼神
向菜园海岸一样灰白的脸
作很容易的攀登
不可预见的风景，我幻觉的马匹
已经逃离海岬

以至于在生命强烈的对比中，这场
台风足够把我们血液里的激情唤醒

原载《九龙诗刊》2006 年第 2 期

人情　语言　文字　利益

石　淼

莫名的表达
是渐行渐远的痛苦
灵魂在沉默中暗示
文字是语言的累赘和面具

人情是跳动的鹿
文字不能承载之轻
当利益在语言背后翻滚
文字是一尊玩偶
驾御人情的游戏
目睹　真诚导演的悲剧

文字是黑白的
当我们都已远去
留下的　是语言游戏后的
刻意和尘埃

原载《新城市》2006 年总第 14 期

乡　村

金　轲

静极了
写不出来的静
是乡村的
烂极了
画不出来的小路
是乡村的
荒凉极了
唱不出来的荒凉
是乡村的
穷极了
哭不出来的人
是乡村的
写乡村的人
画乡村的人
唱乡村的人
哭乡村的人
都不是乡村的
乡村没有诗意
乡村毫无美感
乡村沉默
有时清朗

有时阴郁
艺术与它无关
一代代村人
在此栖居

原载《中西诗歌》2006 年第 2 期

年　轻

飞　沙

你要问什么是年轻
啊　让我想想

年轻就是从厕所
突然冲向写字台

屁股还没干净
已经写出伟大的诗篇

实际上没有写字台
只有一个放纸笔的木头架子

现在啊　脑子里
常常涌现一些奇妙的诗句

当然要等完事了　洗了手
打开电脑　看一看信箱

看一看新闻　看一看情色网页
再到 QQ 找不认识的无聊半天

然后是坐骨神经有些疼
然后是血压有些高

原载《诗歌月刊》2006 年第 5 期

在四平车站

姜　佐

我们手挽手走在四平站前
暖暖的阳光就像一头柔柔的长发
让我们在无限的想象中
感到，幸福轻轻伏上了肩头

长长的座椅。嘈杂的人群
我们站在晃动的生活里对视
从彼此的眼神里走出来又走进去
就像忙碌的蚂蚁等待长长的雷声
广播员的嗓子如尖尖的剪刀
剪开了栅栏，也剪断了我们共同的时光
你红红的脸蛋像秋风中的一枚苹果
迎面砸来，之后迅速落入潮水般的人流
溅起的水花飞进一双寻找的眼睛
被幸福击痛的人，说人生就像拉萨的天气
左眼在上午看见了阳光灿烂的日子
右眼在下午看见了阴云密布的部分

“生活，如分岔的河流继续进行”
岁月潇潇，火车顺流而下
四平车站就像一只巨大的弹簧

在瞬间把我们弹开，成为河流的两岸
“一切都是距离。”
我们已无力再相遇
此后，唯一沟通的方式是一场暴雨
以及雨后河面上凉凉的风

原载《诗刊》2006 年 4 月上半月刊

茶水绿了东北

张　后

在月亮的光芒之上
没有人关注我的生活
我每天蹲在椅子里
像一个钟表匠一样摆弄诗歌的零件

风在树林吹口哨
树叶落入井里和我没有一点关系
我只在黄昏的时候端起茶杯
一杯茶水绿浓了东北

原载《中西诗歌》2006 年第 1 期

与一只蚊子和平共处

赵大海

今夜
一只蚊子突然飞进我的小屋
它带着饥饿吟唱
一次次靠近又远离我

我说
蚊子
咱们来谈判
你不犯我我也不犯你
和平共处好吗

蚊子没有拒绝
没有拒绝就是答应
原来蚊子也害怕孤单
原来做一只流浪的蚊子
也很艰难

相对身处的城市
我不过也是一只蚊子
一直不肯回到乡村的蚊子
没有人在乎我内心的歌和哭

枕着蚊子的承诺睡去
醒来
却是满身的伤痕

原载《诗刊》2006 年 11 月上半月刊

在秋天

李 辉

在秋天
所有的心事都随风离去
只剩下落叶
孤独地飘零

我无动于衷

这些落叶，曾经美丽过
并且悄无声息地陪伴我们
走过一个完整的夏天

如今，她们已随风飘走
不知去向
只剩下苍白的树枝
无力地跟天空对话

一天清晨
我从梦中醒来
发现所有的枝头都挂满了泪滴

这是谁的心事
注定要成为我过冬的干粮

原载《诗歌月刊》2006 年 4 月下半月刊

途　中

月色如水如天

这场雾来得突然
没有征兆。像一枚桃花
在骨头里迅速溃败
一些建筑物毫无逻辑
的呈现受惊表情
它们不断改变方向，甚至过去
这多么令人质疑
四面八方赶来的人群
处在两难之间
进退都是懦弱的。手中的刃缄默多时
令结局难以预料
而我现在这个地点，有太多缺口
无法突围
任凭紧一阵松一阵
的山穷水尽
向内心袭击

原载《诗歌报》2006 年第 5 期

铁青花

横

我是用手指
还有微微的疼
以及热量
我感觉你的存在了

对于虚无的呼吸
你透明着的花
铁青花

你在花瓣的边缘
散发着伤人的光亮来

我想用脸上微微的
热气在那走动
直到疼变回你真实的
活力

原载《芒种》2006 年第 1 期

我的手臂如何变成了鳍

竹露滴清响

这之前，我把一些瓷器擦得很干净
存在丝绸之路必经的海岸线上
在羊皮地图、发黄卷角的书上
学会忍受大海的咸腥，浪的锋利
封闭的灵魂是妈祖眼里的珍珠，五百年后
体内的豹子，冲出来咬折桅杆
张开的手臂握住月光
我死了，一条鱼活了下来

我的眼泪终于找到了
海这么大的容器
张骞来不及关注的这片命运

一小点，一小点的湿

原载《诗选刊》2006 年第 5 期

手握一滴水

聂　沛

一滴水里有阳光的谱系图
有雪的过去和未来式
有沙漠干渴的大陆架
有人的生命……

我手握一滴水
就是握着一个重大的世界
但一个小小的意外，比如一个趔趄
足以丢失这一切

原载《芙蓉》2006 年第 2 期

广州步行街

三个 A

那里人很多
那里人非常多
那里人挤人
据说那里每年创造出的经济价值
居全国步行街之首
我和朋友刚从地铁冒出来
瞬间就被人海淹没
在经济的大浪潮里
所谓的浪漫
根本不值一提。

原载《广西文学》2006 年第 10 期

我在田埂上遇到强盗

王小王

我在田埂上遇到强盗
还什么都没抢到手，他就开始哭
从一颗小泪珠到嚎啕
哭声惊呆了不远处塘里的鱼
它们傻瞪着眼睛
生吞下明亮的鱼钩
钓鱼的人满心忧伤

我向东南方逃跑
跑向上午九点钟
时针分针不一样长
所以我也跛着脚

我的强盗
抢走了我的手绢儿
他说要用来擦眼泪
我因而，倾家荡产

我身后

长出忘忧草
大片大片
吞没麦田

恋

亲爱的人儿
我肯定不同于别个
我脆弱，还带着恼人的羞涩
我别样的红

我心里蜷着一条柔软的虫
一看到你，
它就在里面轻轻蠕动
我别样的甜
却不能向你表白
柔软的，它吃掉了我的声音

我只能在你走过
掉落在你身后
只企盼着能滚落进
你的脚窝

原载《青年文学》2006 年第 12 期

屏　蔽

罗　池

我
找不到诗！
无法显示艺术！
天呀——
我正在查找的生活当前不可用！
也许是社会不支持，
也许是我需要调整我的思想设置了。

我尝试以下操作：
单击刷新按钮刷新按钮刷新按钮，
但总是稍后稍后稍后重试。
我早已在地址栏中输入了美好生活的地址，
但叫谁来确认它是否拼写正确？

要检查我跟社会规范的链接吗？
单击工具菜单，
然后单击 Ideology 选项。
在链接选项卡上，单击设置。
我的设置必须与当地社会规范（LAN）管理员或 Ideology

服务供应商（LSP）提供的一致。

再查看我的 Ideology 链接设置是否正确被检测。
我可能已被设定让麦当劳、索芙特和文牍师来检查我的生活
并自动发现社会规范设置
（我的社会规范管理员已启用此设置）。
单击工具菜单，
然后单击 Ideology 选项。
在链接选项卡上，单击 LAN 设置。
选择自动检测设置。
然后单击确定。

某些社会竟要求 128 位的链接安全性！
单击帮助菜单，
然后单击关于 Ideology Explorer，

可以查看我所安装的安全强度。
我要访问的是某个安全社会吗？
但我无法确保我的安全设置能够支持。
单击工具菜单，
然后单击 Ideology 选项。
在“高级”选项卡上，
滚——
动到了“安全”部分！
复选 SSL2.0、SSL3.0、TLSl.0、PCT1.0 设置。

没招了……
只能单击上一步按钮，
尝试其他链接。

我总是找不到诗，
却发现这令人绝望的 DNS 错误。

原载《广西文学》2006 年第 10 期

他们不知道

菡　子

就在这里
昔日　曾是一片
飘香的稻田

他们不知道
他们只知道
这个华丽的饭店的
美酒和佳肴

就在这里
曾经压死过
一个外省的民工
他们不知道
他们只知道忙着去清点
结账的工日和一大把一大把的钞票

就在这里
绿得如茵的草地上
两个恋人缠绵着

他们不知道

昨天

这里刚刚　停放过

一具溺水的尸体

原载《广西文学》2006 年第 10 期

塬上的春天

民　冰

在我的半生中
没有几个值得回味的春天
春季的来临
意味着沙尘暴昏天昏地的到来
除了尘土飞扬
我没有得到过春天温馨的沐浴
桃树啊杏树……
疲惫地开着几朵憔悴的花
且两三日就被风沙扼杀并掩埋了

其实，我的春天
只是个温柔的名词

原载《黄河文学》2006 年第 6 期

谈起我陌生的父亲

丑　石

在合肥的一个面摊
我和张力
谈到了我父亲
这是很自然的事情
一些细节
是第一次向朋友说起
比如他的死因
和前后那段时间
家庭的灾难
现在我想补充的是
他叫韩启胜
（启有反文旁，我不会打）
死于 1975 年
至于他的长相
实在是
难以描述

原载《白》2006 年创刊号

马

张　维

曾经　你的一声嘶鸣
踏过飞燕　与地平线平行

随后　一根缰绳拴住
两端——奔驰的野心——退缩的草原

当王唤你做天马的时候
你是黑夜流血不止的彗星

而今　你退化为
词语的马　铁的宝马　沸腾的赌马

我唯一能做的是　在诗中
种植草原　让她旺盛的声音把你唤醒

原载《诗歌月刊》2006 年第 8 期

给我三天时间

李洁夫

给我三天时间
我需要与过去握手言和
需要对敌人腼腆地笑笑
（是他们让我长成了一
个如此坚强的男子汉）
需要对走过的灾难表示感谢
需要认真地看一眼我的亲人
（这么多年了，我真的没有
认真地看过你们一次
对此，我表示歉意）

请给我三天时间
三天里，我会尽力抛开个人爱好
追求、恩恩怨怨、是非得失
把我沉重的名字放下来
把所有朋友的名字放下来
也把我养了几十年的小花狗
放出来让它随便奔跑
哦，
请给我三天的时间
只三天

三天后
我
会把时间再还给你们
无论如何
请收下我对一个卑微生命的
重新审视

原载《香稻诗报》2006 年春之卷

万人迷

任　轩

先生们：
当您怀有如此美好愿望，请务必理性——
如何让私车的钥匙及时掉地
如何及时若有所思
如何在鹤舞霓裳中找到自己的位置
如何使电话频率多一分太肥少一分太瘦
如何利用现有的腰包
如何将她的憧憬俘虏
如何在俘虏了她的憧憬后膨胀她的欲望
如何令先进的文化和生产力压缩她的思想
如何在高尚的体验后全身而退
如何在新欢遇见旧好的现场装作似曾相识

女性朋友们：
当您怀有如此美好愿望，请务必感性——
避免朝玻璃窗外的眼神不够迷离
避免淡淡的烟圈不够持久
避免烟蒂把唇彩划伤
避免选择的地段人烟稀少
避免摆动的蛮腰过于轻佻
避免丝袜太厚弹性太弱

避免舍不得对一个陌生人微笑
避免不敢于向喜欢的男人说我想请你
避免做不到极力让男人爱上却始终得不到
避免鞋跟断裂时狠不下心赤脚款步

原载《诗歌月刊》2006 年第 8 期

相持阶段的核心生活（节选）

江　耶

关节炎

两根骨头靠在一起
多少年了，相濡以沫
紧密联结的筋肉
像一台机器上的两个零件
坚硬地坚持着
与生俱来的痛已被忽略
磨合，认可，默契，步调一致
几乎团结成一个人
谁也离不开谁了
一个是另一个的容器
装下了大部分，还有一小部分
要泼洒到外面去

分歧从来都有
这个山望着那个山高
离心离德在什么时候
谁开始走出变心的第一步
偏离了。从原来的位置
慢慢错出。伤筋动骨的日子

走到心里，一种永远的痛
互相折磨着
成最常见的疾病

广告上的功效还在加大
我们的心里明白已经无药可治
牵扯着，越走越远，越走越深
在一个雨天加重
谁能真正忍心呢
不可能走向背叛
像一个年深日久的婚姻
必要的形式披在身上
生命的东西被抽出了
后面的一瘸一拐的
不能再完整、自如

身份不明

他从一开始
就在一个舞台上
他必须表演，认真地
借另外一个身体说出心思

他活在一串故事里
他是一个象征
很多人都在他的身上
寻找自己的影子
用他来为一件事情作出证明

从一个舞台到另外一个舞台

来不及卸掉上一场的戏妆
他看上去有点滑稽
有一些时刻
他私奔在自己的影子里
一点小小的阴凉在他的兴奋里放大
而人们开始怀疑
这个人是谁，他从哪里来
他到底想要干什么

原载《扬子江》2006 年第 3 期

照　片

与或非

有一天我从抽屉底层
翻出了一张
你我的合影
在刘家峡水库
我冲着镜头拘束地微笑
而你却不知所措地看着我
我回忆了很久
也没有想出你的名字
或许我根本就不知道你的名字
只是在当时特定的环境下
出于礼貌
我们合了一张影

原载《白》2006 年创刊号

比如：15 行

赵卫峰

窗外有风这不算稀奇；风等于你
或等于你瞎吹的，接着
也可说夜色就似虚晃的睡衣
小树拘束，颇像一个未成年人

可是谁知想究竟是不是等于风呢
如果不安可以用摇晃来表示
快乐就是相当于颤抖，可是
如果抖个不停又意味着什么呢

瞌睡虫专攻没病的人
地球上的人都知道，每分每秒都是重要
都涌向死亡
每个夜晚都肯定有车有理由抛锚在路上

在路上，所有的美好都等于远方
都仿佛命运——它要你听话，学乖
它爱说：我喜欢在你后面来

原载《诗歌杂志》2006 年总第 4 期

她背对着我走向街心公园

肖　铁

她背对着我
走向街心公园
回过一次头　看见我摆手
于是她也摆了一下手
然后继续往前走
往没有我的地方走
她说她现在很困　昨晚值夜班
——太困了
准备回宿舍睡觉

我跟她
刚刚见过一次面
彼此好像没什么好感　当然
也没什么恶感
我们只是经人介绍　然后
在约定的时间地点见面
见面后聊天　说一些废话
然后很可能是肚子饿了
饿了之后就找个地方吃饭
吃完饭之后各自走散

她面朝的方向是东
我面朝的方向是南
我和她的呼吸　成90°角
我边走边回味跟她在一起时的感受
——乏味　沉闷　无聊

两块石头擦不出火花
还是各走各的路吧　就像现在
她已经走进街心公园的另一个门洞
就要看不见了　啊——
彻底看不见了

我这才静下心来　仔细打量一下
眼前流动的街景
而我要乘坐的38路公交车就要到了

贫民窟里立起一座崭新的高楼

贫民窟里立起一座崭新的高楼
穷日子里亮出流行音乐的金嗓子
贫民窟有些坐立不安

高楼里新出炉的目光咄咄逼人
贫民窟躲躲闪闪　更像贫民窟
褴褛的日子里竖起一座金钱的丰碑
就像泥腿子部落冲进一位风流皇帝
很粗暴　很反常　很现实　也很主义

如果哪天贫民窟着了火　大火殃及池鱼
高楼上的富人纷纷落地

贫民窟是不是可以生存得更平静舒适
如果高楼里燃起大火　大火自下而上
连同贫民窟一起变成瓦砾
贫民窟里的贫民和高楼里的富人　废墟旁
平等对望一下　互不言语
我们的某些理论是不是需要重新认识

二十年过去了
高楼里的春风　始终无法吹散贫民窟
旺盛的晦气　反而让越来越多的仇恨
在那里
滋生
蓄积

崭新的高楼拔地而起　拔贫民窟而起
金钱的目光如芒在背
小资的呢喃刮起层层鸡皮
贫民窟的嗓子里卡着一根鱼刺
爬满鱼尾纹的眼睛默无声息……

原载《今朝》2006 年第 2 期

滴　答

谢湘南

这是一个雨点滴在铁皮屋顶上的声音
滴答　滴答
这是接着的两个雨点
滴在铁皮屋顶上的声音
滴答　滴答　滴答
这是持续的声音
越来越快的声音

我披起衣服走到屋外
站了站　外面并没有下雨
我折回屋又躺在床上

滴答
哦，这是秒针的声音
滴答　滴答
这是秒针连续走了两下的声音
滴答　滴答　滴答

我拉亮电灯
瞪着墙上的电子钟看着
秒针　分针　时针

纹丝不动
钟在半个月前就坏了
我拉灭灯
又睡下

滴答
滴答　滴答
滴答　滴答　滴答
哦，这是胃里一只老鼠拖着铁夹逃跑的声音
这是心脏里抽血机抽血的声音
这是脑袋里两颗钉子吵架亲嘴的声音
我用胶纸封住嘴巴
用手死命地按住心脏
用一把夹子
夹住自己的脑袋
直到我
……睡着为止

雨

落下来
落下来
这些雨总是在往下落
它要落到最低的地方
这个地方
我已准备好

出生那天
这雨就在往下落
密密

绵绵
29 岁的今天
这雨还在往下落
密密
绵绵
没有尽头

落下来
落下来
这些雨总是在往下落
它要落到最低的地方
这个地方
我已准备好

原载《特区文学》2006 年第 5 期

缓慢的一年

孙慧峰

这一年我学会微笑
学会在噩梦中脱身。
学会在看见你之前，摆弄地球仪。
地球仪是圆的，里面是空的。
我学会看地球看手表，时间快过去了
我学会了来不及，在来不及之前，
我打电话给空空的黄昏
告诉你一些地理知识，和缓缓的夕阳之美。

进　程

冬天实在太黑了，黑得缓慢。
暗暗用手托住它
暗暗抚摩
暗暗与你保持某种关系
白胖的熊在睡觉。
舌头枕着牙齿。
冬天的牙齿是黑的，叼着雪花
雪花布满屏幕，屏幕里面
你摇头说话，但不发出声音
那些观众们一无所知，有人低头吃饭
有人仰头喝酒，我和你黑白不分地争论

保持地球的颤抖，和经验的不可靠。

原载《诗歌报》2006 年第 5 期

遗　嘱

我们结束吧，敌人！
亲密的敌人，别揪头发，听话。
我还有最后一口气，你帮我把胸口打开
拿出那枝雕翎箭。记得吧，这是四十年前
你射进来的。看看，还没生锈呢，
因为这么多年来，我的血一直是热的
我的心一直是活的，现在好了，
你把它拿走吧，能放到山上就放在山上
能送给流水就送给流水。
我的血快凉了。把我的胸口合上吧，
这里曾经很狭窄，但容纳过你，我亲爱的敌人！

原载《诗刊》2006 年 4 月上半月刊

迁　坟

朱　零

村长来电话
让我回去迁祖坟
说村里那片坟地
要建一个水泥厂

这几年
村里有了几家工厂
化工厂熏得人恶心
造纸厂让周围的鱼儿翻肚皮
还有一些杂七杂八的小厂
让人的钱包鼓了些
庄稼少了
老板多了
见面不问吃了吗
改成递名片了

我的祖坟
在一片麦苗中
若隐若现
我摆上了老酒和牺牲
我要跟老祖宗说

为了全村人民奔小康
您老人家得挪挪地儿了
我磕第三个响头的时候
脚下一滑
我觉得自己的裤管
被谁拉了一下
脚边冒出一根白骨
那是老祖宗努力伸出地面的一只手
我身上
也有着同样一块骨头

老祖宗世世代代守着村子
一切都看在眼里
现在村子要建水泥厂
他怎么不愿意呢

原载《诗刊》2006 年 4 月上半月刊

冬　天

朱　零

树叶掉了一片又一片
张眼望去
光秃秃的北方
荒凉和沧桑
树上已没什么好掉的了
最后
掉下一只麻雀

原载《诗歌月刊》2006 年第 6 期

烟　雾

岩　鹰

需要一片烟雾
需要一片烟雾在我们中间
烟雾不是虚无
虚无却像一阵烟雾

需要一片烟雾
需要一片烟雾在眺望者和风景之间
是烟雾不是什么面纱
需要一阵风偶然又吹走烟雾

原载《影响》2006 年第 4 期

清洁工

田　禾

凌晨的冷风像狗一样咬她，撕扯她的
衣襟。在灰暗的灯光下
街道上的灰尘
她扫走了一部分，吃掉了一部分
这条街道
已经是一条健康的街道

这条街像是她的。因为这么长一条街
就她一个人打扫
天一亮，整条街就是别人的了

原载《天涯》2006 年第 4 期

昆明姑娘郭晓芳

陈衍强

她嘎

是从一本杂志上

认得我啦

她写给我的第一封信

我还没有回复就搞掉喽

麻麻撒

好在我的手机里首

还储存着她的电话

我沿着 0871 的区号

很快就找出她的声音

她的声音

在云南省旅游学校

像小咪喳

每个人听见都会开心的

当我收到她在信里首

夹寄的照片

才发现她比我想象的漂亮

她的漂亮

就像她绷我的诗

“太板扎啦”

原载《诗歌现场》2006 年秋季号

口袋里的诗

宇　向

一首诗放在口袋里
如果挨着钥匙
它会和钥匙链一起发出不安的声响
如果和硬币在一起
也不会变成钱
它更像糖，变黏并散着甜味
如果和纸巾在一起
它会被揉皱并磨烂了边
如果和另一首诗在一起
我想象不出怎样
但如果它挨着避孕套
它们就形影不离
这多叫人高兴
只有它们是为爱情留在了那里

我真的这样想

我想拥抱你
现在，我的右手搭在我的左肩
我的左手搭在我的右肩上
我只想拥抱你，我想着
下巴就垂到胸口

现在，你就站在我的面前
我多想拥抱你
迫切地紧紧地拥抱你
我这样想
我的双手就更紧地抱住了我的双肩

像人一样

很多东西在黑暗中像人一样
像那些坐着的站着的趴着的蹲着的蜷着的起伏的
正在行走的
摆出各种姿势的人一样
在黑暗中所有的东西都像人，像人一样

像人一样惊吓你

比如树木座钟马桶扫帚空椅子有缺口的墙和石头
还有虚掩的窗户一大堆书一摊血迹或尿迹
以及一个或两个呆在黑暗里的人

原载《西湖》2006 年第 1 期

一个暮秋的下午

马 累

一个暮秋的下午，
我走在寂静的乡村墓园里，
我读着那些简陋的石碑上的名字，
而地上的野草正在疯长，
仿佛能够唤醒沉睡于此的人们。

我应该是一个多愁善感的人吧，
在这片永生之地，我有着
仿佛是故乡一样的疼痛
和三两只啃食着青草的羊的温顺。

我告诫自己，要亲近这些
简单的场景，即使一朵花，
会在夕阳里枯萎，一个孤单的生命，
只要心藏着大地，和大地深处的
安静，他的心就是干净的。

原载《人民文学》2006年第5期

幸福，在削足适履之后

七月的海

我们从同一个词语中抵达
我们也曾站在
同一片颂词之间猜测：纵然是一把天火
也煮不熟那块石头了
可我们还在恋爱，双脚备受折磨。
我们相信挡住眼睛的
只是一片梧桐树叶子，我们相信我们有能力
打开第三只眼睛：幸福啊，爱与被爱！
我们收购羽毛、收购厌倦
我们甩着纵火的鞭子，在草地上
放牧一只细小的雪兔
在削足适履之后，我们把这一切
命名为幸福

原载《诗歌月刊》2006 年 2 月下半月刊

冬天退走的时候

邵风华

冬天退走的时候
我看见白雪的闪光
我看见一个素装女了
拐过墙角的背影

是啊，在今夜
是我独自替你们
流泪、吸烟、跺脚
却不告诉任何人……

原载《诗歌》2006 年总第 7 期

柴 街

王孝稽

这是一百年前修建的，甚至
更早些。经过时，我暗地里想
慢一些，慢一些，让发酸的门板、窗棂
和毛主席语录，晒一晒太阳
暖暖身子。是的，五米之间的街道
打磨每一块逃不掉的青石；墙角里
发呆的地衣、地钱；巷子内祖母飘荡的
长衣袖口；屋顶雨水打滑的瓦砾
浙南的一片灰色……
我多么想，它，她，他，慢下来
板车、挎篮、地摊和赶路的母亲
慢下来——耳朵里渐渐增大的声响
我衰弱的肉体，无法承受这些

原载《温州文学》2006 年第 2 期

经　历

丛小桦

想到谁　谁就来了
感冒不是谁
想到感冒　感冒就到了
而风暴过去了之后
我们才想到是风暴
始终沉默的人在黑暗的身后咳嗽

每天都有人往城市的指缝里挤
每天都有人从城市的掌心出走
流感到来
每天都是陌生人与陌生人相遇
当房屋破旧　城市老去
我们已经来不及说出自己的经历和秘密

原载《影响》2006 年第 4 期

是我比以前更爱

孙　磊

肩并肩地瘦、黑、冷却。
是我的爱，你的蔓延。

是荧屏的信号弱得只穿梭幽灵，
是退路，性的毯子在飞。

我注意到谎言染上了新的温柔，
在遇上散淡的晖光后，

坐下来，不是饥饿在吻你，
是我和一场砸向睡眠的雨。

原载《中国诗人》2006 年第 3 期

梦见宇龙

刘洁岷

夜深了，在另一张纸上
汽车上的男人登上了火车

——宇龙《13 个词》

我的一位单身老同事最近
接到个电话，是他的
久已断绝关系的女友从念青唐古拉打来的
她告诉他她昨夜做了一个
梦，梦见他的卧室
满地的发卡

有次我上街，恰巧碰见
不远处的 2 路电车在大桥的引桥上
爆炸了——我的身旁
有一个肥胖的中年乘客一边惊叫一边嚷嚷
说他昨夜在梦里走了大半夜
走着走着，路没有了

在去棉乡天门的长途班车上，中途上来了

两个衣着寒碜的农妇
她们为搭上了这辆车子而
很得意。穿碎花衣裳的那位对着同伴说
她在梦里得到了一个
特别高级的（农药）喷雾器喷头

我梦见我成了一个旅行的旅客
和一个我并不认识的人一起
乘火车——宇龙死后，我开始觉得
那人叫宇龙——我们一起在夜间
越过了一座比较长的铁桥，桥比列车车身
还要长那么一截

原载《新汉诗》2006 年总第 4 卷

冥想六行

叶　梓

要是记忆能够绕道而行
我就避开刚刚发生的琐屑直抵童年的站台
让河流、村庄、野花以及春天的田野
成为我随手携带的旅途必需品

巨大的轰鸣声
就能反衬出一个矮个子男人心里的静和沉默

关于一把生锈斧子的联想

时间的重量
藏在斧子生锈的深红颜色里

苍老的祖父
靠着墙角
靠着木屑翻飞的记忆
反倒一身轻了
天地间只有一个手艺人的影子
来回走动——
像是谁在大地的纸上

写着木质般朴素的诗句

我到底能秉承多少手艺人的优秀品质？

原载《星星》2006年第4期

工　地

魏风华

灰蒙蒙的天气窗外是灰蒙蒙的工地
脚手架上的民工一张张灰蒙蒙的脸
刚盖了一半儿的大楼灰蒙蒙的轮廓
只有石料是新鲜的沉重的运送它的人来自灰蒙蒙的乡村
和大楼一起上升灰蒙蒙的天气灰蒙蒙的脸
一无所有的乡亲头也不抬地盖大楼不知道什么时候停
下来
灰蒙蒙的敲打声让他们渐渐变得一无所有

原载《诗歌月刊》2006 年第 1 期

绝　句

李以亮

阉人也有恼人的性欲
委琐之辈也有小小的愤怒和委屈
孤魂，也要望一眼故乡
野鬼更想有他的藏身之处

原载《诗歌月刊》2006 年第 9 期

怀念爷爷

辛　欣

昨夜我又梦见了爷爷
梦见爷爷在屋顶上晒太阳
奶奶在屋檐儿下陪着
其实也不全是为了晒太阳
才坐得那么高
更多的时候他眯着眼睛
瞅着山上那棵一大把胡须的树
和山脚下那条倒流的河
然后是晚上
我们围着一张桌子坐着
他在桌子对面看着我
听我朗诵一首即兴而作的诗
并感动着
我忽然记不起曾经
和爷爷完整地交谈过什么
或许从来就没有过
我的心随着爷爷的感动
不住地下沉

爷爷却总是一言不发

只是隔着桌子看我，并感动着

原载《上海文学》2006 年第 4 期

一个思想

李建春

如果我开始对自己有了想法，
我就跑到外面，赶在太阳
落山前，看一看我的身体
在天地之间打一个窟窿。

如果这还不够，还不够猛，
我就挑起担钩，跑到井边，
尽管水缸已装得满满的，
我也要让桶底砸碎晃荡的脸。

如果实在不走运，碰巧
在夜里，甚至连爱人的乳房
也不能让我平静，我就起来，
向那黑暗敲啊敲，敲着墙。

日子让我讨厌，尽管我又
鼓起了做一个男子汉的抱负，
像山崖的冷松，顶着一身黑，
不管天气如何，我行我素。

我知道我的兄弟和邻居

为什么高兴，有人送来一个思想，
我嚼了又嚼，却发现它
不比一顿饭或一口水更强。

有人哭得很伤心，她还要哭；
我停留了片刻，然后上山，
为了你，源自受害者的一个错误，
阳光打我的左脸又打右脸。

免得把枕巾弄脏，有一种悲哀
要抢在大伙儿面前表达：
我知道是什么使人蹦得高，
好像兔子蹦到猎狗的牙。

一个人到了老年，总有机会
像一根木头，为什么不识时务？
我血气方刚，可以又说又唱，
或者伸手拍拍别人妻子的屁股。

听说在别的地方，活法有好多种，
而我捡到的却是最差的一种，
以一只蝴蝶的见识，也会把我嘲笑，
蹭着，蹭着，像个老冬烘。

我躲过了这段时间最丢人的面孔，
却已无颜乞求石灰的谅解，
有人问："我看见你佝偻在树下，
偷懒，咬着手指生闷气？"

因为我沉浸于一个思想，
而模仿者却先我而到。
即使到了地底，我也要愤愤不平，
憋着劲儿，拱一拱墓草。

原载《山花》2006 年第 8 期

这一刻我爱上你

雒　武

这一刻我爱上你
我是说这一刻
这一刻我爱上你
以一个真正的男人爱上你
我是谁对你并不重要　就像
你是谁对我也不重要
我完全不在乎你的贫富
你的身份　还有你的过去
是多么贤惠善良还是多么邪恶淫荡
这一刻我爱上你
只这一刻

原载《上海文学》2006 年第 6 期

为故乡写首诗

刘大程

我想为故乡写首诗，写来写去
却总是写不好。我想写它的山怎么青
水怎么秀，一落笔却碰到
飞奔的电锯，干咳的卵石
我想用这两个词语：欣欣向荣，安居乐业
写出来的却是：离乡背井，孤苦无依
生我养我的故乡啊，我是那样
爱你，可是想着想着，我就恨起来
我的恨本来是抽象的，茫无头绪，可是
恨着恨着，我就恨不得揪出
几个人：你，你，你，还有你
用尖利的笔尖在纸上，戳他们

石头山

镇子的公路边，有座石头山
前几年有人往那儿抬了台粉碎机
坚固的巨石被炸药轰开
被钢钎撬动，被铁锤砸烂
喂到粉碎机嘴里
随着一阵强烈的啮咬和反啮咬的声音
飘起缕缕青烟

当我回到镇上
一座石头山已经空了一半
高耸的石壁黯然不语
小小的粉碎机仍停在一块旧帆布下面
就像一只灰皮肤的虫子，并不起眼

原载《行吟诗人》2006 年第 8 期

我的工厂

唐　欣

我在工厂　混过几年
我们用飞机引擎发电
朋友开玩笑说　你是飞行员
但我不是的　我太笨了
我在那儿的时候
也就弄了两场不大的事故

我师傅是个大我一岁的女孩
工装帽下露出栗色的卷发
说到主任时眼睛总往上一翻
我们很少讲话　她后来嫁给何人
我一点也不知道

我喜欢抱一本白皮的《世界史》乱翻
有一天我坐在树下读得出神
一个核桃落到我的头顶
但我不是牛顿　我把核桃敲开吃了
因为是初夏　味道苦涩

以后我就上学走了　岁月荏苒
二十年后再回去　工厂已经不见

那里是一座超市　有个戴眼镜的老汉
照我肩膀就是一拳　还认识么
我嘴里含糊　你他妈一点没变

原载《诗歌月刊》2006 年第 2 期

羊

老　了

天冷，要了羊命。
肥羊，或寒羊
在火锅里呲呲地叫着
羊毛，雪花一样
落在人们大衣领口
羊给人们
带来了温暖
羊杂，和羊骨头熬的汤
还可以温暖更多人
冷空气中有一股羊膻味。
来自西伯利亚的冷空气
来自内蒙古大草原的羊
陪伴人们过冬
直到过了冬，羊吃的草
才能长出来。

魂

他采的
最后一块煤
被卸到发电厂
他最后一次脉搏

变成一股电
通过变压器和光纤
闸刀和保险丝
通过铜线和插座
让电视机
亮起

看了看
他的尸体
我接着
按遥控器
把频道
从新闻
换到韩剧

原载《新城市》总第 16 期

信　仰

育　邦

涉及一些信仰
这可是严肃的事
你希望我在夜晚拿起经书
佩戴十字架
斋戒沐浴
为你的灵魂祈祷
为我们逝去的好时光追忆
为那些荒唐的事实忏悔

面临幽暗的时光
我试图如此
而触摸的是冷若冰霜的想念和卑俗的心
那样的祈祷与忏悔
又能解决什么问题呢

你看哪
太阳早被人的鲜血染红
乡村成为城市文明的下水管道
绿色和高尚同时不再坚持

上帝躲到一个看不到人间的地方

我们怎样才能向他表白呢
当我们的身体之内和身体之外都不再纯洁
说我们敬仰什么、信奉什么
似乎都是多余

诗人枕着一个试图拥有信仰的梦
在昨天阖然辞世
醒来的早晨，空气清晰
而他却忘记了一切

原载《九龙诗刊》2006 年第 2 期

爱

宋晓贤

假如我们的爱
仅仅停留在上半部
那他们会怎么说呢？
毛孩子的游戏
永远也没有结局？

如果我们的爱
转移到下半部
那他们又会说：还未曾
触及到，灵魂深处

原载《白》2006 年创刊号

片　断

叶丽隽

如果可以，我想静静地
退回到自己的果核里
退回到词语——符号的背后
退回到去年
一月的那场大雪……我看见
那个走在大街上的我
因人群中的一声呼唤
而突然停住
……在她转过身来之前
我的胸口，猛地
一阵抽搐

原载《诗选刊》2006 年第 4 期

本　想

韩宗宝

本想再做一些事情
本想去看看
潍河滩上那些白头了的芦苇
本想再说点什么
觉着不太合适了
就又咽了回去
很多话不该再说了
我裹紧了衣裳
迎着风站在潍河滩上
风很大秋天很深
其实我想说的
大概就是这些吧
再也没有什么新的话
无非是一些曾经说了很多遍的话
你也听过很多遍的话

想扛着铁锨到自家的地里看看

想扛着铁锨到自家的地里看看
这是一个突然的想法
很久没有去地里了
可能有些荒了

我想去自家地里
把那些看起来不平的地方
用铁锨认真地平一平
很多人都知道
那是潍河滩这些年
闲置时间最长的一块地
不管种不种什么
地里长不长东西
总要在天彻底冷下来之前
把那块地弄得平一些

原载《花城》2006 年第 3 期

扔出去

韩少君

扔出去。把饮水机扔出去，把出自
青海的水晶眼镜，贺兰山暗红的
石头，扔出去。扔出去
把最后那尊石膏像，把精美的瓷器
扔出去。把烟缸、茶叶桶，把著作，把
几张晨报，扔出去。扔出去
把皮鞋布鞋凉鞋从北京带回来的一次性拖鞋
扔出去。把胃药，把几颗补血的
花生米扔出去。扔出去
把会议纪要，把约定的时间，扔出去
把耳朵嘴巴发炎的鼻子
把身体里开始变异的病毒，扔出去。扔出去
让阳光照射进来，让冬日的阳光
携带一棵雪松的，黑影，照射进来。

原载《诗选刊》2006 年第 4 期

亲人们都生活在我无力企及的地方

普　珉

我的母亲已经去世，
时常出现在我的梦中；

我的父亲已经衰老，
时常被我忘记；

我的弟弟还在流浪，
我们没有电话；

我的妹妹还挣扎在贫困线上，
我羞于献上简单的问候；

亲人们都生活在我无力企及的地方，
他们只能团聚在我的心里——

团聚在浅薄的诗行里，
即使将来也不能团聚在辽阔大地的某个小山坡上。

原载《诗歌月刊》2006 年第 5 期

春　雷

张作梗

肯定是你，在蓓蕾里，安装了飞翔的心跳
肯定是半匹老墙
误撞在风的枪口上：郁积在胸中的一声
闷咳，钉进了马掌！

肯定是那根打枣的光棍
不怀好意，一下子砸破了云朵
肯定是声音走投无路，在一个村庄劳损的
腰上，像一枚着火的皮球滚动

时间陷入了泥沼。肯定是一枚臭弹
起死回生，拍响了一个巴掌
（寂静像草芽纷纷探头张望）
肯定是骆驼穿过了雨的针眼
一个老母亲把叹息纳得像思念那么长

肯定是钟表“咯噔”愣怔了一下
一根秒针短促的静止，让我看到了大地的虚妄
肯定是天空找到了支点，撬下了纷披的

雨水。肯定是少女用裙裾捂住了面庞
哭泣的背后，是一座正在抽芽的村庄……

原载《诗刊》2006 年 4 月上半月刊

去湖南的火车·10 月 2 日

李拜天

我不能记住窗外的全部
我不是照相机
我对窗外的一切表示歉意
包括曾被车窗抛弃的家乡
父母、妻儿
包括被时间抛弃的

此时我静静地坐在 191 列车上
火车奔跑着
小商贩来来往往
兜售着沿途
便宜的特产
我随意用一些皱巴巴的纸币
购买　并让时间慢慢消化掉

原载《中西诗歌》2006 年第 1 期

欢乐颂

三　子

给了我旺盛的炉火，就再给我一把
银质的汤匙吧
在这个夜晚，在最寒冷的日子到来之前
让我小口地饮下所馈赠的
一切

给了我爱，就再多给我一点快乐的
战栗吧，甚至疼痛
我就这样坐着。这里是安静的中央
我不开口，只守好广袤的世界

原载《绿风》2006 年第 4 期

在省城

江一郎

在省城，我碰见刘德贵
他改名叫刘枫了
费好大劲，才认出我是谁
操他娘，出去几年
连我都认不出了
站在街头，他恼怒地拨落
我搭在他肩头的手
打量我的目光，像有钱人
操他娘，他还卷着一条大舌头
装城里人说普通话
但在他跟前，我有些羞愧
我不能不羞愧啊
瞧我的腿上，沾着泥巴
我在穿西服的省城
笨驴一样，说着乡间
被他唾弃的
草木的方言

原载《人民文学》2006 年第 2 期

冬　雨

黄玲君

有多久了？已想不起上一次
下雨的日期　寒冷　飞扬的尘土
而雨水终究没有遗忘我们　这之前
我看见苹果树秃秃的枝条
裹着层层芽蕾
一种叫猫儿眼的草　细细的　已经破土
汴河水面上　网厢密密层层　空寂　无声
我像一尾鱼
费力地呼吸　可冬雨还是来了
在今夜　它叮咚地
敲打着窗子　把书本打翻在地
一点一滴从黑夜的心底溢出来

原载《诗歌月刊》2006 年第 6 期

躺在家门口的宾馆里想家

老　巢

这两天我住的宾馆
与我家之间
打的起步价就到了
家里人知道我回来了
就在这个城市
和一些他们不认识的人
干一些离他们很远的事情

我知道他们已做好了饭
等我回家吃

而我外面的酒还没有喝完
我的酒量已不如从前
我怕他们看我醉得不成人样
他们认不出我

原载《诗歌月刊》2006 年 1 月下半月刊

日　子

邹汉明

赶走一个日子，又迎接一个日子
我们称“日子”的那个小婊子
总是离我们一寸的地方，施展魅力
我们被它俘虏，被它扔在床上
被它“哗”地一声冲进下水道
仿佛我们是它身上掉下的
美好或丑陋的赘肉

我们期待的日子总是
下一个，它们和太阳捆绑着销售
一个晴朗的日子
有人快活地尖叫，幸福得发抖
一个灰暗的日子
有人面无表情，愚蠢地哭泣
日子的每个表情都有一个刻度

很多日子没了，像雪一样融化了
在我们之前，在我们之后
日子既不是白的，也不是黑的
日子无色无味，像植物的呼吸
它们活着，既不小气也不大方

在我们身体里来来去去，进进出出
也没看见它们忙碌的身影

原载《九龙诗刊》2006 年第 1 期

一块岩壁

梁积林

雾，加重了山体的重量

我是第二次经过这里的
大片的雾包裹着这块岩壁
我怕它快受不住了：
它的腰间有一道裂隙在流水
它的另一道新的裂隙
露出白色的横断面

一根倒垂下来的藤条上，挂着的是
多么大的，寂寞……哦！

原载《诗刊》2006 年 11 月下半月刊

拯救火车

刘　川

火车像一只苞米
剥开铁皮
里面是一排排的座位

我想像搓掉饱满的苞米粒一样
把一排排座位上的人
从火车上脱离下来

剩下的火车
一节一节堆放在城郊
而我收获的这些人
多么零散地散落在
通往新城市的铁轨上
我该怎样把他们带回到田野

原载《南方周末》2006年9月14日

缺　陷

马知遥

一个缺陷永远和你如影随形
你走他也走
你停他也停
你看到他他也看到你
你装做不认识
和他招呼也不打

后来你越来越依赖他
然后就和影子一起
越陷越深

变　慢

不是年龄的问题
我们开始迟疑
开始左右顾盼
还不仅仅这些　我们开始缓慢
是的　举手和反应
如同一次被剪辑的慢镜头
我们不是成熟和老谋深算
而是偏离

路还是那么远
因为我们的行走变得很慢

原载《九龙诗刊》2006 年第 1 期

我这样理解风

胡　澄

昼夜不息　它想把背影中的事物
搬到阳光或月光下
翻过了这片叶子　又去翻动另一片……
苹果的脸一面红　一面青

——仿佛神的劳作
无论怎样忙碌　都无法将光均匀地分配

它就这样翻来覆去
将昨日翻成了今日……

冬天的乔木

我的晚年　这棵冬天的乔木
落尽了红色　绿色和黄色
瘦削而挺拔的白骨　头顶一弯皎月和蓝天
我的眼睛在这棵树的树梢
俯看自己的一生以及满地的叶片
说：多么嶙峋的人世
我曾经是那么地纷乱

死亡从容地来临

这棵灰烬之树被厌倦触动　轻轻倒下
白雪覆盖　而另一个世界
另一个周而复始的春天将它移栽
使它长出另一些梦幻的枝条
另一棵尘埃之树

原载《诗刊》2006 年 11 月下半月刊

恰恰不是因为灵感

叶世斌

纷忙之后，我回到办公桌前
看到一叠展开的稿纸
如一只安静的蝴蝶
奇怪的是，恰恰不是因为灵感
和构思，而是看到这叠稿纸
我忽然涌起一股写作冲动
就如同并不因为爱情
而是看到一个信封，一张座椅
或是一缕在夜晚漫游的月光
忽然勾起恋爱的欲望
事情往往这样。我想
有时候一片树叶的下落
可能并不因为季节和风
而是想起了去年的飞翔
有时候，我们之所以伤心流泪
是否因为看到了一块干净的手帕

原载《诗歌月刊》2006 年第 6 期

回 首

东方浩

回头的一瞬间　是什么在道路上闪烁
那幽蓝的光
散碎的光　在风中
在空旷的路上

就像我的亲人
像我身体的一部分
它们在呜咽
孤单、害羞又满怀忧伤

这些时间的碎片
生命的痕迹　被残缺的诗句
一层层覆盖　就像被落叶
一层层覆盖

道路多么空旷　微弱的光
斑斑点点的光　在闪烁
它们的固执　不管白天还是黑夜
都不肯改变

仅仅是回头的一瞬　我的内心

涨满了暗黑的潮水
伤感而冰凉　我无法停下脚步
前方的道路没有尽头

大风吹响每一棵大树
大风也吹响我的每一根骨头
我不知道还有多少恍惚的伙伴和记忆
也将被我留下　像萤火、碎陶和苔藓

原载《山花》2006 年第 3 期

故乡的小

柯健君

故乡比一座村庄小
比有着陈旧木窗的日杂店小
比庭院里阳光照着的三寸金莲小
多少地方的灯火啊
都比故乡亮
故乡只能，小到月亮的光，一盏煤油灯的光
旷野间一只萤火虫的光
我懦弱的故乡，从不敢大声
宣扬刹车声、打桩声、斥喝声
它低低讲述恒久岁月的流逝
小到奶奶的耳语，苇间的蛙鸣
万籁俱寂时，草叶
撕破夜空的划痕声
我小小的故乡，藏在眼里
指纹可以比画它的路径
多年后，我怕故乡变得针尖一样小
那小小的针尖啊
扎得我心痛

原载《九龙诗刊》2006 年第 1 期

不只是回忆

张伟栋

哈尔滨的冬天，桦树街，煤烟笼罩着
天空，像每个清晨一样，黄色的
无轨电车，在烟雾中驶来，发出
咣当，咣当的响声，仿佛来自大海
人群在烟雾中涌动着，像海浪发出的
声音，遥远而模糊，我的耳朵和身体
被它们所充满，肿胀的感觉，像是
炼油厂的浓烟被送到嘴边。那些积雪
我每天认识一遍，雪地上的尖叫
尤其是在早上或傍晚，都变得清晰
我每天经过这里一次，能想到的
不仅仅局限于生与死。被人工化雪剂
和车辆弄脏的街道，到中午时，变得
泥泞，艰难，从各处而来的反光，使
这一年荒诞而无聊。除了冬天，我躲在
那里都是一样，疲倦的肉体里面深深地陷着压抑和孤独

原载《中国诗人》2006 年第 1 卷

我们的纪元

朱永良

我们使用着基督纪元而并不相信基督的降临
细想想，当耶稣再次来到世上在西方拯救着一代代灵魂
把他们引向永恒的光亮或驱入永劫的火中
而在东方，所有死去的人们仅仅是一片沉寂
如此仁慈的设计真有些不尽如人意

原载《中国诗人》2006 年第 1 卷

一个人的战争

张海峰

集中优势兵力、分割、包围、
完全彻底地歼灭之。
火力纵横参差，四处炮声轰轰，
冲锋、仆倒、迂回、攀登。
宽阔的平原连绵起伏，战壕交错。
遗弃着辎重、倒地的骡马、
燃烧的卡车、呻吟的伤兵，
那些断体残肢中间有好人也有坏蛋。
两军对垒，大批人马互相消灭，
损失一万歼敌三万，
损失三万歼敌五万，
其中有好人也有坏蛋。

那个英俊的小伙子怎么样了？
他已经趁着夜色攻入城中，
正迅速弯腰奔跑过街道，寻找掩护物
并且举枪还击，那块冷馒头
还在使胃部隐隐作痛。

此刻，在后方，同村的瘸子也趁着夜色
悄悄绕过一溜溜院墙，

马上就要叩响这家虚掩的后窗。
久旱的新娘胸口怦怦直跳，
她焦急地等待着，
一边揉着自己鼓胀的乳房。

原载《白》2006 年创刊号

我的一笔财产

汗　漫

在上海，我家后窗外面是一块野地
长满青草的野地
被我暗暗视为一笔自己的财产
——这是一个书生的秘密
市国土资源局及众多房地产开发公司
目前均未洞悉
所以暂时没有他人来与我争夺野地的所有权
野地的存在，使我拥有了
热爱这座城市并栖居下来生活、写作的理由之一

散步野地
碰见陌生的男女、鸟
我都把他们视为请来的客人亲人
阳光热烈。清风扑面
他们不知不觉地享用一个书生的美意盛情
离别时却连招呼也不和我打
好在我心境的使用面积逐步开阔并日益呈现出
越过血管、骨头、皮肤构成的建筑面积
去与野地、与野地边缘的大海广泛接壤的趋势——

这或许和一笔财产的潜在影响力有关？

春天。窗外青草弥漫
我扛着铁锹提着水桶种下槐树、柳树
——一笔财产在悄然升值
我正逐渐成为清寒的富翁?
在这座城市举办的下一届“国际财富论坛”上
也许会有一张请柬印着我的名字
并且指出我的自行车
在一片轿车、商务飞机中间存放的位置
至于门前金融街、商贸城、工业区之上的天空
尚未被我列入到个人遗产的范畴
那片被高楼大厦注册、瓜分得支离破碎的天空
被欲望之手签满粉尘一类形状的名字
至于我家后窗外面隐隐约约的海风、虫鸣
我将在遗嘱中反复叮咛:“孩子
你要继承、守护
直到青草野地化为你子孙臀部的
一块隐隐约约的青色胎记……”

原载《西湖》2006年第9期

红苹果

雨　浓

隔着篱笆，我用歌声摘你
红苹果，亮了八月的东郊
红艳欲滴的样子
多像成熟而未说出的爱情的话语
红苹果，你多么健康

篮子，温柔的陷阱，欲将你抛向市井民巷
还要什么吹吹打打
你欣欣然从枝头上踮起脚尖
从生长到牙齿破碎的是怎样一种美丽的梦想
红苹果呵，抱紧你的枝头，你树下的土

抱紧你的枝头，你树下的土
秋风紧呵，是腐烂还是走下树
是什么不同的宿命？

原载《浙江作家》2006 年第 4 期

窗　外

王妍丁

春雨降临
烛台上
往事还在不停地起身
一颗纽扣讲述着
另一颗纽扣的故事

它们离得很近
只要伸手就能触摸到炽热的爱情
就能在一种宁静的茂盛里
一个覆盖另一个的嘴唇

一生很短
真的只有相爱那么一点点时间
可是它们的手始终坚贞地握在衣袋里
彼此
谁也没有走近谁

烛泪一生都是热的
就像心底没有明了的忧伤和幸福
两颗纽扣

就这样彼此相望

一生都不曾衰老

原载《上海文学》2006 年第 10 期

轻轻拨开春天的女人

王妍丁

从一好友家的窗外望去
是一个弹棉花的南方女人
她带着哮喘的丈夫和超生的孩子
在四月的明媚里
将生活弹出棉的花朵

一辆木制的纺车
多像一部经过节选的老片
可她的背景
却是春暖花开的旋律

风轻扬着孩子生命的脚印和男人
歉疚而空洞的咳嗽
女人的一双手在风中
候鸟一样穿梭有力

我那个时候的叹息
是从心底漫上来的
在这个粗糙得甚至被忽略了性别的
女人面前

贫穷或者富有
仅仅是一个没有生命的词汇

原载《香稻诗报》2006 年夏之卷

儿子的战争游戏

张　彬

他手下不断变换出坦克、大炮
战机，以及他自己命名的武器
他的嘴里一会轰隆隆，一会啪啪啪
一会哒哒哒，一会嗖嗖嗖
从客厅到卧室，到处都是他渲染战争的痕迹

整个上午，这个九岁的少年
被战争的欲望所占有。他不停地摆弄拼装玩具
将残酷置于游戏并释放不尽的快乐，将他的老爸
惊得目瞪口呆：
如果真的是真枪实弹，他会把战火推向哪里？

原载《诗歌月刊》2006 年 9 月下半月刊

屋檐下

薛　舟

我想起那些不被祝福的午后和傍晚
雪地里，箩筐下，练飞的麻雀迷惑于
通红的谷粒，大麻雀含泪钻回了
巢穴，又被觊觎已久的手电
照亮悲伤的羽毛。一架失修的木梯
伸展，一双未经岁月教诲的手围拢
合谋清理了我们冰雪封冻的屋檐。
没有麻雀母子的檐下，冰凌放大了幻象
粗糙的早春的太阳，我的不见飞鸟
的目光，双重的聚焦令它渐渐融化
于是一滴冰水
落地
擦过不易察觉的岁月之幕
扣敲家人踩实的门前雪
响起震动庭院的回声经久不绝。

原载《上海文学》2006 年第 6 期

教育诗

巫　嘎

现在写下生活这个词
还为时尚早。你叼着一支烟
使用五笔输入法：生活
我每天都去生活
你想算出
一具躯体中灵魂与肉体各自的比例
还想着写一首终极之诗——
贫穷和痛苦让灵魂清晰
富有和欢乐让肉体模糊
而它们各占的比例早已注定
你想哄骗它、取消它，把它变成一个虚词
你想一劳永逸
而它只说：不

原载《诗刊》2006 年 7 月上半月刊

乘车从白庄村返回郑州

马新朝

三月，那些嫩绿的麦叶
挽着手
小而坚定
它们支持更北边那片小树林的生长
村庄是一把把椅子
坐满了人

闲散的时光
还在我坐过的那张桌子上等我
我说过的话，还在
与那个上了岁数的羊倌
无声相遇
车过大桥
阳光坐在我旁边的空位上打瞌睡
河水和沙岸的嘴唇
在说——

那些内容

很快罩住了河面，爬进了车窗

与我随身带着的一本书里的文字融合

原载《绿风》2006 年第 5 期

深夜的游戏

西　娃

总是在深夜写诗
要么被激情充满
要么被绝望掏空
要么被一段半路走失的爱情
再次袭击
要么被一种说不清的力量
折腾得无法睡去

一支香烟　半杯咖啡
手指被幻觉洗得干干净净
左手捂心　右手提笔
用舌尖与感觉称量配料
名词二钱　动词三两　习惯用语九克
个性一匙　才华半盅　情感和理性适量
与时光　万物的气息调兑……涂在纸上
涂成首首必将废弃的诗

诗里潜藏着自己的倒影
以及　未曾觉察的命运

原载《莽原》2006年第3期

我十指兰香

印子君

现在我才明白一棵草有多重要
尤其是，像我这种属羊的人
风吹草低的日子已经越走越远
今天只守着上帝借给我的阳台，独对着一个兰盆
心开不出花来，就让它抽叶好了
长长的叶片，是我在这钝化的世界唯一保留的锋刃
我承认骨子里藏着一股侠气
可站在这夜色茫茫的地方，我又如何能仗剑远行
本以为护着一株兰草，就护住了一片小小的宁静
可到了凌晨两点，横走的偏街，还在楼下朝我发噪音
至于是梅瓣荷瓣还是水仙瓣早都不在乎了
此时此刻，我只想把双手洗白，洗出十指兰香
然后再认真把自己腾一腾
彻彻底底腾空自己
最后，只悄悄安置一颗素心

原载《兰界》2006 年 1 月创刊号

楼 梯

庞 白

它们是沉默的。比在树林里更沉默
一把斧头就
收藏了它们全部的声音
现在它们在空无一人的房子里
姿势别扭，上下两难

翻开一本画册就看到了它们
也可以说欣赏到这些造型
木的。色泽的。挣扎的。
一块一块堆积起来的
沉默

原载《诗之潮》2006 年 7—8 月号

月光下的北平原

陈　亮

一个抢眼的烧饼让云彩从襟怀里摸出来
村子里所有的狗都被馋的吆喝起来
今夜，北平原出土了那么多乐器
它们有的像玉米，有的像高粱、茄子
有的像大豆，有的像花生像苹果像梨……
它们被一个个虫子操纵着到了高潮
偷听的风在树杈上出了神
胳膊被叶子们擒住了也没觉出
爱情光着脚丫，沿着小路、地头慢慢走着
在心里煮沸了的话儿，一不小心
溅到野草们的梦里
脸颊就会发烫地涌出了朵朵的小花
一个从火车上下来，徒步靠近村庄的人
在墨水河里使劲洗了半时辰后
又想了一想，还是不敢回家
他怕村子里的狗们认不出以前那个叫狗娃的孩子

原载《青岛文学》2006 年第 8 期

河　石

严芝强

河滩　除了石头还是石头
裸露　干净　寂静
躺在石头上
听河水的歌唱
数星星看月亮
拾起石块打出一串水漂
或者扔过河去
但从不知晓
石头是怎样怀孕
和怎样生长

有一天我离开那条河
到外面走走
回来时胡须都变白了
河滩　除了石头还是石头
我躺过的石头还没有长大
旁边的卵石还是原来的吗
也许　有的已沉进江底
有的已被随波逐流
以一个优美的姿势
我拾起石块

还能打出二三个水漂
可再也扔不过河的对岸
……

原载《钦州日报》2006 年 3 月 24 日

一路向西

钟　磊

慢慢地走　在高原上宛如一条河流的一个水滴
跟着一滴水进入野草的身体

在鹅卵石的岸边闪动着命运的亮点
放弃蓝天和远方的海
潜回泥土　却找不到回头的路
慢慢跪下　在浪花中不停地咳嗽
咳出最后一滴血

把心引射进飞翔的星座
是一粒星子在黑夜的象牙尖上熊熊燃烧
朝着大海的方向蔓延
弯月忘记了垂钓死亡的影子

在九曲十八弯的河床上瞩望最后的岛屿
想起一只失恋的天鹅
抖动着透明的翅膀在童话里消失　天仿佛黑了
紧紧攥住午夜的拳头而一粒星光是空的
透出天外的霉味
一粒椰子掉在沙滩　满天都是枯萎的椰林

灵魂的音符在布达拉的蒲团上跃起
亿万年的光点亮心的蜡烛　毁灭疯狂的飞蛾
扼杀蝎子的舌头　冰雪的骨头软下来
喜玛拉雅的血在大地的血管里坠落

腹壁疼痛　山梁凸起　油菜开花
天祭的一口铁锅里有多少滴水把盐粒煮沸
一茬茬的牙齿咬断向西的脐带再转身一路向西
西部有人间最忠实的奶酪
有人间掷入天外天的弓矢
冰雪的一面镜子　照亮了西行人群的一串串脚印

穿过山峰的针眼　走在一根草尖上
用脚　用手　用嘴巴　用鼻子　用耳朵
一刻不停地走
从天到地　从风到雨　从火到火
怀抱一粒种子　像一粒种子奶着大地的羊群

一路向西　一眼泉中的一滴滴水凝成岩石
一座座散成大地的围巾和草一起呼吸
山峰的头发白了
仰望天极　拿起雨的梳子给死去的天鹅梳洗羽翼
直到心在山顶高高耸立　直到云朵和石头都是白的
直到天空的盒子是空的

原载《中国诗人》2006 年第 3 期

在月光下赶路的人

张守刚

撕下一片月光
这个夜晚就不会太黑
朦朦胧胧中
那个低头赶路的人
追逐着自己的影子
让脚和道路交谈
心和自己交谈
月光下的这条路
是留给他一个人的
他要走到天亮的地方
找到自己明亮的温暖

说普通话的老乡

老乡的普通话
从他进厂的那一天开始
工厂里没有方言
只有一本正经的普通话
老乡的普通话说得很吃力
常常让听的人哭笑不得
变调的方言里
夹杂着胆怯

老乡还想说家乡话
可是厂规的某条某款里
一句话是他一天的工资

原载《新城市》2006 年总第 14 期

在春天的拐弯处看见桃花

她们有的还在
春天的枝头笑意盈盈
有的却在风中飘零
这么大的春天
却容不下那些娇弱的桃花
她们的无辜
让一些爱花的人
伤透了心

这个春天很快就被自己覆盖
在春天的拐弯处
看见桃花
她们花容失色的样子
刚好让
春天有些后悔

原载《中西诗歌》2006 年第 3 期

像拉萨一样忘记我

在我生活的小城
有不少人经常记起我
为重复的工作，为无意义的争吵

为虚伪的爱，为平淡的恨
为化装舞会，为逢场作戏
为家长里短，为左邻右舍
为酒肉，为麻将，为节日
为蝇头小利，为苟且名声
我奔波在记起我的人之间
我为他们而活着
我有些累了
我希望他们渐渐把我忘记
像拉萨一样忘记我
在拉萨，没有人记起我
在拉萨，我站在高处
吹着清冽的风
面对着蓝天白云
我一脸敬畏，我的内心
像年迈的僧侣一样安宁

原载《中西诗歌》2006 年第 4 期

我们常常被往事灌醉

卢卫平

有一种酒名叫往事
愈陈愈香
愈不忍开启封口

往往由于毫不在意
往事的气息
从某个思绪的缝隙
渗透我们的嗅觉
黄昏或夜晚
便兀自激动或伤感起来

喝这种酒
找不到两只相同的杯子
有人一口清
有人慢慢润
各人有各人的喝法

下酒的菜很多
春天的一棵草
夏天的一把伞
秋天的一片叶

冬天的一把柴
最后一道菜常常是初恋
当初忘了放盐
现在吃起来
味道竟敢好极了
为这道菜
我们要多喝几杯

我们就这么醉了
我们不是酒鬼
想到明天有更多的事情要做
我们便努力呕吐
然后将房子的里里外外
打扫干净
我们的人生就是这样
深刻了起来

原载《诗歌月刊》2006 年 1 月下半月刊

沉　浸（节选）

宋晓杰

十月，田野退去波涛

风怎么就凉下来？
天怎么就高起来？
十月，田野退去波涛
犹如乌云，轻巧挪移脚步，汹涌着
黯淡了稻谷……密集地覆盖！
——这精神最后的食粮、火焰
被收成和一场命运篡改

以退为攻，旧事重提
秋虫窃窃私语，交出寒心的秘
密——
告诉我，还有什么不能释怀？

不接纳，也不反对
那些没有说出的
正是所需

让困厄和好运相伴而生

失踪多年的人，忽然回来

坐在树下，不言不语，只有
此伏彼起的蛙鸣，摇晃着浮萍
失忆，在隔世的晚风中
不要瞪大双眼，不要追问前尘
黯淡的朱颜止息了恋恋风情：
一个老人带走了村庄
一个少女埋葬了童贞

咏史。感今。惜别。重逢。
零星细碎的时光，纷飞如雪
绵绵絮絮，却把秘密窒息断送
谁是手艺高超的木匠，走南闯北
雕刻精邃的皱纹和风霜，栩栩如生
我的衣袋很浅，适宜少的物质
况且，不断地被我自己主动掏空
好运是重金属，负担沉沉；而困厄
是穿透布料的钉子，幸运的解脱
疼痛而闪亮。如塞翁失马
让单纯的事物开出花朵来吧——
喜忧参半，盛衰随性

原载《诗潮》2006 年 3—4 月号

垂落之姿（节选）

李轻松

一天，又一天

我终于学会了叙述。从第一天开始
学会一日三餐。我的手沉于水
沉于细瓷的盘子。久久不动

对于日常，抒情显得多余
风在克制地吹着，和昨天保持一样
米饭熟了，它与我隔着一段荒凉

对于又一天的表述，是不断地触摸
到物质
在凝神的时候，米饭变成了白色
水变得更清，而汤已经煲透

原来我闪到一旁。那一动不动的事物
像从前一样明亮。我对生活的接受
就是取消
我一直怀有的阴郁之心

像鱼那样亲吻

这个下午，我额头沉静，
像鱼一样沉迷于水。
沉进这开阔的江河

我的腹部长满了花纹，满腹鱼籽
我只单纯地游动
穿过一些危险的时刻，疑神不动。

像鱼那样亲吻，优雅而湿润
然后与整个世界疏离
那永恒不变的一段空白

一个隐居者，身在水中
被遮蔽的一个缺口
不分过去与未来，渐渐地被辨认出来

原载《诗潮》2006 年 3—4 月号

几个场景（节选）

李见心

为蝴蝶而爱

为蝴蝶而爱
你说出这几个字
就飞走了

我突然醒悟到
这几个字像这几个词本身
生时轻飘
死时才显出它的沉重
重过我们一生的疾病
重过我们的一生

请赐我一场有始无终的睡眠
请赐我一场有始无终的爱情

深海长眠

浪花拼命地向上涨
而你却拼命地向下、向下

当别人背叛你最初的爱情时
你只能背叛自己的生命

你输给了大海
一头撞在礁石上
瞬间，你看见了死亡
在深海中，如此瑰丽、眩目
鲜血一样弥漫开来
照见了你灵魂年轻的模样

那是你一生感觉最美丽的时刻
一瞬即永恒
从此，你把死亡当成一种信仰
时刻准备为它献祭

28 年了，你躺在床上
为重新参见那一瞬的权利
与一些异教徒们作着斗争
你的眼睛充满生命
却是对死亡的持久激情

葬身大海
要死就死在地球上最大的存在
人群，陆地般飘移
信仰，大海般顽固

终于，你赢回了爱情，也赢回了大海
大海因你的躯体而变得更加饱满
波浪欢叫着，向上、向上，
那是大海的呼吸
也是你的
你在动荡的大海中
找到了最后的宁静

几个场景

我用钥匙转动着锁上门
在路上不小心把钥匙弄丢了
回来时用库房里一把生锈的大铁锁
把门砸开

天空充满了雪意
却没有下起雪来
就像有个人暗恋我一生
我却不知道

你看到一朵火焰，就变成了两朵
另一个人看见你，就变成了四朵
世界就靠这种方式燃烧、增值
不用博尔赫斯的镜子

一面镜子，照了一辈子人
就是没有照见自己

有一天它邂逅了另一面镜子
才看见了自己的真面目

原载《诗潮》2006 年 3—4 月号

我该说些什么呢

张曙光

我该说些什么呢？面对这无情的世界，
和雪一样的冷漠。小丑们戴着假面
显得兴高采烈。“生活就是快乐，”他们这样说。
而在我看来不是。我实在没有办法快乐。
森林在消失，河流变得干涸。
岁月带来的不是智慧，而是更多的惶惑。
雪总是在下。像冬日午后的闲谈。
但面对真实我无话可说。

松花江

不，我不想描述这条江，
它被污染了，变得干枯，
在冬日昏黄的太阳下结冰，
看上去只像一条乡村的土路。
它的江水，曾经哺育了两岸，
并因一首歌而知名，但现在
却含有大量致癌物，来自
上游，吉林的化工基地。
它曾经美丽，我常常沿着
江畔散步，但现在它的岸边
建起了索道，新近又用水泥

筑起一米高墙，阻挡着视线。
游乐园的转马和纪念品商店
多像一块块风景上的秃疮。
而在与它毗邻的中央大街，
两旁的槭树被砍掉，换上了
松树。我诅咒这一切
但仍然疑惑，这到底为了什么？
不，我不想描述这条江，
不想追怀着它的美丽。
一切都过去了，一切
美好的事物和美好的风尚，
现在只剩下忧伤，惶惑，
和难以抑止的愤怒。

原载《诗歌月刊》2006 年第 5 期

你见过这样的表情吗

沈浩波

一个人老了
但是他不服
他一定要
把这几十斤重的米袋
扛到楼上去
他在攀登
咬牙切齿地
攀登
咬牙切齿是因为
发狠、使劲、一定要，以及
一点点悲愤
你见过这样的表情吗？
我是见过的
在睡梦中
经常被这表情惊醒
正在扛米袋的父亲
就是这么
咬牙切齿了
二十多年
才把我和弟弟
从贫穷中

拉扯大
而现在
他已经扛不住了
我从他肩上
接下了
正在下滑的米袋

原载《中西诗歌》2006年第2期

劳动者

黄礼孩

到处都是缺乏雨水的生活

恍惚的下午　一个乡下来的劳动者
拿着石头　蹲下来
看一群蚂蚁在搬家

教堂的钟声

飞过了建筑群

生　活

不在道路上隐蔽自己
不限定某年某月某日返回居住地

从露宿街头的睡眠中醒来
去遭遇生活的流逝

有时候　我停下来
听　一粒种子破土的气息

飞翔的鱼

鱼渴望被海粗暴地抛弃

海上的阳光
让浪花生出石头的笑声和飞翔
像残月的边
一生的爱恋与仇恨

生　命

死亡是一个冰凉的夜晚

时光使人困倦
病菌把平静
显现在平凡的身体上

原载《诗歌月刊》2006 年第 6 期

奇妙的收藏

马永波

每天我都希望能为我的收藏
增加些什么：硬币，揉皱的纸币，一瓶子

空　气

一些词语和一些破碎的句子
事物和事物的名称
杂乱地堆放在一起
有时它们会互相混淆
一些纸币失踪了，你能在纸上找到
“一些纸币被抚平后买了冰冻天使”
那是一种冰淇淋的名字
常常是这样：肥皂，“喉管”
组成了——“一块肥皂卡在夏天的喉管里”
而“理智”和“工棚”则自动组成
“理智可怕的工棚”，出现在一页书中
有一天我发现自己像一个小贩
默默穿过低矮的工棚

事物不断地变成词语，消失
实体的钥匙插入词语的锁孔
打开的是语言的抽屉

未完成的诗，写好待发的信，照片背后的

题　词

它们介于词和实体之间
因为它们需要一双阅读的眼睛
以变成完全的词语
“抽屉里没有蛇”，那就是说
抽屉里没有蛇，却有蛇的副本
无害，却足以让我发冷
让我听见它吸气的声音
这和房间里没有女人有些类似
但生活并不因此变得简单
如果你的女友突然失踪
你会在我的抽屉里找到她
不过她已被拆成了不相关的部分：
大腿，脸蛋，胸，毛发
已经没有可供辨别的个性
诸如眼波的流转，和腰肢的轻盈

大地上的事物越来越少
而我的野心不是很大
下一次我收藏的是一座料场
和一个正在拆除的煤气公司
那些玩具似的红色汽车
有秩序地进进退退
我已观察了很久：它们一直
在把生锈的铁搬到最靠里的地方
那些工人还没有发觉
他们已变成了动词

一直把名词们搬来搬去
他们已不能拿到可以流通的货币

装满细沙的瓶子在窗台上旋转
我每天都梦见沙子又多了一粒
要慢慢把我埋住
从那样的梦中惊醒，我决定
让一些词语再转化成事物：
让诗变成铅字和纸币
让电报追回正在变成风景的人
把瓶子和沙子分头抛进江心
当一切停止，我发现
我也是寂静收藏的一个词语

原载《红豆》2006 年第 1 期

袭击所剩下的……

阳　子

袭击的实质是用月光融化阴影
整个事件的经过正羽毛般
爬出规律性的匣子，一个忧郁的处所
开始时就证实气候像个圆坐垫
适合于意外的发生

已经到了用空白进行挽救的边缘
大面积坠落的光逗人发痒
鲜血流淌　幸福温暖着火团
哦　当袭击停止忙碌
一个可怕的器官在风中摇晃
记录下杀气腾腾的争斗
最后那扇门遮掩住漆黑
人们心慌意乱　粗陋的时间腐烂着
果实腐烂着　教堂里缺乏歌声
不可抑制地腐烂着

最后那匹马在滑翔
野草就在这里发疯了
赞美喑哑的失乐园
偶尔有系统的骷髅平静地生锈、生根

死亡的炸浆场涌动起来

包括一只鸟的清醒

炮火停息　它狂怒的声音卷走脚趾头

困惑的眼神朝着天空绽开

心脏跳动　从一部电影开始

迅速地接近结束　谁不再是谁

真实的手宛如卫星掠过

弱者腐烂　强者也腐烂

一粒子弹在腐烂的衣服里麻木

感觉到死亡　像一块相当灵巧的胚胎

原载《上海文学》2006 年第 3 期

幸　福

蓝　蓝

离我一步远，你在说话
慢慢走着。我闭上双眼……

你嗓音推开的无边疆域里
秋天在闪烁，路边的杨树在唱绿色的歌
小路上匆匆飞过一只灰蝴蝶
可爱大地上的一切在我面前出现：

那永远不动的瞬间
那活的，活着的世界。

寄生菌

废弃的矿山，积水的深坑，
你胸口早已熄灭的炉火。
它居然有过熊熊燃烧的时光
当我们还不懂得寒冷？

我解开衣扣，让太阳晾晒
这潮湿发霉的柴堆

它原为一双手的烈焰准备，但现在
却可笑地生出了木耳。

原载《诗林》2006 年第 1 期

春　旱

尹丽川

春天，日子有点咸
太阳干涩，一团冷硬的白
风把我们的房子
掀到半空。一树桃花
歪在商场的石阶边
像半帘粉色的纱
没有雨。没有绿。
没有低吟……
细细的生长的声音
一辆郊县的大卡车
咆哮着经过
满载黑色的石油
去春花怒放的草原
这仅仅是一种假设
我们呢，依旧悬在半空
穿过城市，坐到红色冰凉剧院
听《桃花扇》，那一腔春怨
依旧浓浓软软，却为谁

原载《诗歌现场》2006 年秋季号

读《西双版纳植物名录》

雷平阳

热带的繁荣，是由264科高等植物
迅速地完成的，其中还不包括
那些亚种和变种。当假鹊肾树的纤维
死死地缠住一棵伞树，我们知道
一种非植物学的树种又诞生了
见血飞是另一种藤类植物
如果它们，彻底地蔓延，带着歹毒的叶片
龙牙草就将在自己的体液中腐朽……
我们所看见的密林，雨水的刀闪闪发光
我们所听见的声音，从根部爬向尖顶的
是3893种植物在暗中呼叫
正向天空奔逃。幸运的，是那些
大象、麂子、马鹿……它们在植物的
尸身里，找到了暂时的安乐窝

天上的旋律

有时，我们怀抱的悲悯不值分文
2002年4月12日，我路过
永善县莲峰乡安家坪村
那里海拔近3000米，是著名的
高寒山区。春天都快要结束了

我看见几十座土筑的房子
还在冰雪和寒风中战栗
多么寂静的村庄，一个个
屋檐下的老人和孩子，都像石头一样
满身的裂口散发着寒光，谁都不愿
用声音传达生命尚存的气息
是的，寂静不是绝对的
在一堆粪土旁，的确有几只鸡
在韧性地觅食；不远处
还有一头母猪，晃荡着两排
冰冷的乳头，带着一群幼崽
在刺蓬中低声交流。除此之外
有一户人家在垒筑新房，捣土的声音
仿佛天上的旋律。当时
我真的曾为此感到庆幸，生活
并非毫无起色。可后来我才知道
这户人家唯一的儿子
去年在江西挖煤，死了，死于
爆炸的瓦斯。至此我当然明白了
建房资金的来源，它来自
一生的恐惧和沉默，同时又仿佛是
蚂蚁在骨头上刻下的一圈花纹
它或许已经暗示我们——
当卑贱一旦突破了底线
我们共同的恐惧才真正的来临
而所有的高贵也将自动消失

原载《天涯》2006 年第 4 期

“不要被你低水平的对手扼住……”

朵　渔

我不与小人为敌，事实上，我喂养他们
以绿叶、笑脸和洗净的心
我从敌意里吸取力量，小小的敌意
存在于小小的心脏，在一个无聊的时代
像一段小夜曲，出入风议
非但令我不快，事实上
还带给我无穷的消遣。夏虫
不可以语冰，小敌意
不可言及大信仰。我在等待
那存在于空气中的敌人，它之大
笼罩了大地，每一次呼吸
都能体会到耻辱，直到有一天
我从那庞大的黑雾里抽身出来，一个
敌人的形象才凸现。我站在
一堆偏见之上，一堆庸俗的枯骨之上
才将它看清——一团
巨大的黑暗，在一个方向上
生成，像雾，带着怦怦跳动的
心，它没有脸，周身布满了
幻听的耳朵，同时还带来
窃窃私语的革命者，在咖啡馆的

雅座上，沾染着麻醉剂的气息
笔杆摇落之间，如街谈巷议一般……
不. 这不是真的
革命来自远方　深处　底层，那一群
不要命的穷光蛋，听说　他们才是
期待已久的敌人。

原载《诗歌现场》2006 年秋季号

苦　海

余　怒

我一生都在反对一个水泡
独裁者，阉人，音乐家
良医，情侣
鲜花贩子
我一生都在反对
水泡冒出水面

抑　郁

在静物里慢慢弯曲
在静物里
慢慢弯曲
在
静物里
慢慢，弯曲：汤汁里的火苗
隆冬的猫爪
一张弓在身体里
喀嚓一声折断

原载《文学界》2006 年 9 月号

表　达

大　卫

仿佛摸到了午后的寂静
破敝的门框上一颗生锈的螺丝钉
啥时起风的呢
先是树叶，接着窗帘
地上的纸屑
连午睡的妻
也下意识地翻了一下身子

那一句叹息到底有多重
除了我的心
能动的，都动了

生活本身已经非常残酷了
而它比生活，还要残酷许多
所以它不是生活

原载《阳光》2006 年第 1 期

借　用

鲁西西

我现在想哭，大海，让我借用一些
你腹中的盛水——因为我自己的，早用完了。
顺便借我几条鱼，让我抓起来，
再放走它们，看它们获得瞬间自由的游姿。
顺便借我一个岛屿，无论天晴，
还是下雨，我要欣赏一下
它是怎样排解自己亘古不变的孤独的。
这样说来，我要借的不只一丁点，我似乎
要将你全部借来，
让我熟悉看不见的海岸线。
让我大声和它一起哭，一起拥抱，像拥抱——
一倜刚刚死去的伟大男人——
海边的树，我也想借过来。
海边的沙，太阳照在树上的影子，
还有你，亲爱的，我也一起写进借条，借来！

野　心

珠穆朗玛峰自己并没有野心。
因它在原地呆的时间太长了。
是量它高度的那些人，
爬它的人，

将旗帜插在它头顶、也不打招呼的那些人，
在半山腰，用突兀勇气
想和它换一点名气。
以为是山有野心，就想征服它。
是这些人——摇撼了它
自古英雄的古籍里的镇静。
因它有开阔心胸，
就用多种不一样的平坦石块
抬举了他们。
它从来不想要谁的命。
虽然从远处看，它更像一座坟茔

原载《中西诗歌》2006 年第 4 期

说不出来

冉　冉

还是早晨
披着衣服准备出门
看见的都在眼里
说不出来

因为多
因为平稳
不动的是多么的宽
看见田野同时看见了云彩
看见河流也同时看见了山峦
剩下的那么多
说不出来

因为久
因为相同
不变的却没有旧
树林是去年的树林
露珠在暗处闪光
比阳光耀眼的是水潭
其他的颜色
说不出来

走在路上
刚洗过的眼睛
因为看见而明亮
看见的都是见过的
因为太满
说不出来

原载《东部》2006 年春卷

榜　山

康　城

一次，两次
我们将第三次经过
那条山路，那块石头
你站在上面探路
其实仅是摆了个姿势

我们在一块石头上躺下
身体发热
灵魂却变得清凉

那些石头，那些人
不经过我们的想象

原载《诗歌月刊》2006 年 7 月下半月刊

梅　园

史幼波

（一）

你醒来。梅枝
从你掌上排着长队
小心翼翼地
走回苗圃。你用
梅香握着我
你用整块整块
的土地，诱使我
心疼、落泪
在冬天，谁都没有错
在这样的早晨
素净的花苞
把每个人都引向
孤独；把每条铁索
都软软地熔化
风，跟着这香气
一丝丝缠绕
梅香，像你一样
都长着一双

水雾蒙蒙的眼睛
和丰腴、葱茏的耳垂
我感到在这里
但你真的在这里吗？
我被梅香击溃
但真的击溃了吗？

（二）

我们像两树火焰
交织在归途中
我保留着你
保留着满眼晶莹——
那凄谲、幽秘
空幻的一击！
时光迟迟不愿消褪
你艳冶、疼痛的字迹
梅花下你照镜子
冬月里，你不断
重复梦呓——
真的变了，小心眼
易感，不断修葺
黯淡的发式、枯萎
的容颜。最近
死亡的字眼
常缠绕着花枝
缠绕我们共同的顽症
缠绕前世、今生
此刻，我俯向你

俯向泠泠花瓣
恍惚的针尖、恍惚的
呻吟，像忘川之水
洗净宿世之缘

(三)

太阳落下去
落在你的手掌上
你把掌中腊梅
移植到窗外
的梅园。现在
正是满园飘香的时辰
我点着纸灯
回到暗影浮动的
体内，像一阵清香
飘入青色茶室
那里有曾经来过
如今，又溘然远逝
的人群；那里
温暖、明亮
永远也不曾熄灭
你继续睡眠
香气一阵比一阵
浓密、柔软
涌入我的肺叶
我听见你在梦中
咳嗽。你在攀折梅枝吗？
你密咒似的呓语

能惊醒、复活
栖泊于梅园的魂魄？

原载《诗歌月刊》2006 年 7 月下半月刊

想到的或隐藏的

道　辉

我需要从空白里
测出抽象分子的味蕾——

有益的仿造，事实刚刚开始改变
事实反过来只是一些神秘的余烬
像一台毁掉的蒸汽机在与空气交谈

有可能也要把植遍意志的脑液散发掉
“当花草变成硫磺，轻盈难道会腐烂?”

那些未被光亮暧昧的行为已经停止——
身体的喂养也是空白的，和一个残疾诗人
而我趋于书页上的幻想从没有实现过
寂静、词、猜疑和劳作，像被心血武装起来
连同暗中慢慢觉醒的年代……
当我忽然把宽广和向上的仰望视作一种压力
当时空也发出一种异味

……另外是那些言谈的虚无退避在烟囱周围
平静竟是软的，弯下来像地下工作者的行踪

刮腹的雌鸟和止住唾液的纸屑已付出神秘暴力
要解释它们需花掉一个白痴的春天
当明亮横扫过来我想到的或隐藏的会埋得更深
只是看见了，一台卷土机飞扬的骨肉
只是，我要说的；来自灵魂的废料……

原载《山花》2006 年第 6 期

无　限

杜　涯

我曾经去过一些地方
我见过青螺一样的岛屿
东海上如同银色玻璃的月光，后来我
看到大海在正午的阳光下茫茫流淌
我曾走在春暮的豫西山中，山民磨镰、浇麦
蹲在门前，端着海碗，傻傻地望我
我看到油桐花在他们的庭院中
在山坡上正静静飘落
在秦岭，我看到无名的花开了
又落了。我站在繁花下，想它们
一定是为着什么事情
才来到这寂寞人间
我也曾走在数条江河边，两岸村落林立
人民种植，收割，吃饭，生病，老去
河水流去了，他们留下来，做梦，叹息
后来我去到了高原，看到了永不化的雪峰
原始森林在不远处绵延、沉默
我感到心中的泪水开始滴落
那一天我坐在雪峰下，望着天空湛蓝
不知道为什么会去到遥远的雪山
就像以往的岁月中不知道为什么

会去到其他地方
我记得有一年我坐在太行山上
晚风起了，夕阳开始沉落
连绵的群山在薄霭中渐渐隐去
我看到了西天闪耀的星光，接着在我头顶
满天的无边的繁星开始永恒闪烁

岁末诗

又一年的光芒从窗外呼啸着远去了
我仍对时光怀着无言的忧伤
在清晨疼痛，夜晚彷徨
我深居楼房，却想着远处冰冻
的河面，和天晴后树林那边的雪原
我偶尔出门，只是为了看一看山冈
看一看冬天的黄昏：刮了一天的风
最终会停息在向晚的树林
有时我会在一个工地停下来
看那些寒碜的农民在风中瑟缩
想象他们在故乡的田野、房屋、年岁
有时我坐在窗前看夕阳沉落
因它的滚滚远去而心怀黯然
岁月，却不因我对它的关注
而改变什么：生命终是
如东风无常，人间却有拟造的欢乐
就像现在，那些农民领到了一年
的工钱，在工棚中收拾着肮脏的铺盖
邻居们在楼下热烈谈起过年的白菜
粉条、孩子的寒假，而收废品的人
从楼道里收走了今年最后一车废品

寒风中的吆喝声渐行渐远
我坐在窗前，看阳光在树枝间细碎、冰凉
听见风吹过屋旁的树林
地上，陈年的枯叶翻卷

河　南

一千里外的地方
我看见河南在杨树上圪蹴着
树上的花开了一茬又一茬
病痛在一代代人心中延续
如同春日迟暮的道路
伴着购镰人的咳嗽
河岸的一点点变凉
我问自己："你痛吗？
你是否知道回眸的光阴已迢迢？"
每天，我听见风吹过树梢的声音
像是命运的叩响
想起我十二岁时站在故乡村口
看见风一阵阵吹过田野
提示人世的寂寥、空旷

原载《中西诗歌》2006 年第 2 期

干 草

沈天鸿

秋天了，一切都变成干草
不能变的
就闻着干草的气息

远处，是一个村庄，风
吹动一棵树上忘记收回的衣衫
那衣衫，已被人穿过

风，正吹干汗湿了的生活
它的气味，混合着
干草的气息，正向远方迁徙

不断地，从一个总是较短的夜
走向下一个总是更长的
夜，不再回还，就像

一个移动的启示录
把更多的秘密带给了
更多的世界，但也因此

逐渐耗尽了能量

但它隐藏住了
自己的这个秘密

最后被吹拂的那个人
知道得最少，但他将自己
加入了燃烧并且变幻的行列

因火光而出现的
本来不可能的幻像
在灰烬上获得了真实的热烈

两三样东西

即使不为了什么也必须等待
耕种过的田野
在深秋的薄雾中移动
看不见人，万物歇息
轰隆隆运行的
仿佛只有这穿越陌生地带的
火车

能见度很低。清晰的
是我的手，它做过很多事情
我忘记，它也忘记
它栽种过的庄稼
每年都从这地球上消失
只有一些树仍然在
我和它所不知的地方生长
树，比任何东西都活得长久
除了岩石，除了

总是在变化的天气——
雾飘荡着，渐渐变淡
一些事物出现，而田野仍在移动
火车快过田野的速度？
一瞬间，整个世界只由
这两三样东西构成
它们是雾、火车和田野
（短暂的和永恒的）
其他都可以忽略不计

原载《诗歌报月刊》2006 年第 5 期

到了最后

王夫刚

到了最后，完成任务的纸被揉作一团
被打成纸浆，沦为新的空白
到了最后，没有完成任务的纸
获得了和完成任务的纸相同的命运
历史在历史之后四顾茫然
人们则热衷于谈论疯人院的春天——
到了最后，疯人院不再被视为
有病的单位，它像生活一样构成了生活本身

原载《扬子江》2006 年第 2 期

一场疾病之后

与之对应的那些器官，渐渐成为
生活内容，和朋友般的
敌人。先是良药苦口，接着
久病成医——仿佛生命突然缩短了
行程；原来的时间
足够挥霍（找了许多借口
那又怎样，一个怕死的家伙
不可能死于深刻）。多么严肃的命运啊
从此变得像暮春一样单薄

短暂，东风无力：怀着
通俗的焦虑，小心翼翼的忧伤
以及岁月昧下的，一丝无辜

原载《星星》2006 年第 5 期

微暗的火

赵　野

微暗的火映照出
一些熟悉的面孔
他们曾经使我忧伤
在充满怀疑的年纪

长夜漫漫，沉入心底
如逼近的马群
带来了消失的话语
驱走了浮躁的气息

也许短暂，但是真实
我确信更多的东西
沉着、锋利如带齿的
朝向天空的剑叶

在夜里活着，感到痛楚
在白天安然死去
再在老人的悲悯里醒来
孩子的喃喃中入眠

原载《作品》2006 年第 3 期

窗　户

李　森

夜幕下，大海笨拙的嘴巴
正在吞噬着红光
海面平静，魔鬼在瓜分银子
陆地高耸的一角，云贵高原
垂死的老狐狸，纷纷告密
海浪乍起，推波助澜
如光荣编造谎言

我的那扇窗户的高度
正好是一座灯塔的顶尖
谎言如波浪，正在摧毁灯塔

我的窗户，虚幻，无聊
灯塔，只是耸立着
它不能发光，也不能说话
把人的内心引向纯朴，辽阔
灯塔的顶尖，在风尘中
照样虚幻，无聊

谎言如波浪，一直在摧毁灯塔

事物不再隆起，英雄末路
最后的红光，闪烁其辞
万物崩摧，窗户破碎
但没有一丝声音，没有呐喊

枪　口

枪口，就在背后
不要回头，要乖
也许啊
枪管黝黑的口径
正在对着你打哈欠
只等你加快脚步
也许啊
你的身上
已经冒出一小摊血
但是，你还在
把对手身上的枪眼
叫做玫瑰
这是历史中的一点点血迹
红的，偏黑
已经不够新鲜
甚至你完全可以
轻轻地把它抹掉
就像擦拭一把玩具枪
属于游戏的一个细节

枪口，就在背后

不要回头，要乖
要像猪一样
伸着脖子，吃食

原载《诗歌月刊》2006 年第 10 期

这世界瞬间停下来

阿　翔

你的手还在犹疑。一个人刚刚走了一些弯路
我愿意离你很近。

空气中冰冻的虫子，偶尔感到快乐
像一个人说的，那些旧事，它们的形状
始于灰暗
被时光一点一点冲淡。

看雪花纷飞，持续的
如此长久，这些风景，这些恍惚的白。
嘴含一片叶子
我站着暂时不想动。

原载《诗歌》总第7期

听信儿

商　震

天气预报说
今夜有雷阵雨
我真有点欣喜若狂
北京太闷热了
人在这种天气里
就像肉馅在包子里

下场雷阵雨多好啊
那打雷时的闪电像利剑也像长矛
很有可能把包子皮戳开几个口子
让肉馅们透透气
再下一场痛快淋漓的雨
即使不能把闷热完全洗去
起码，也可以得到一些天上的消息

雷阵雨最终也没落到我们头上
我猜想是不是到天津或石家庄下去了
可是，我怎么没听到雷声啊

以　后

五年，十年，十五年后

我住在只有泥土和树木的郊外
有两层小楼和不大的院子
一楼住着我的亲人
二楼住着我的亲人
院门口种着枝干有节叶如刀的竹子
院里种着一片瘦弱有骨的兰草
看喜欢看的书
听喜欢听的歌
说喜欢说的话
清晨听几声鸡鸣狗吠
是沁心入肺的“高山流水”
不去想曾有的虚名
不惋惜擦肩而过的温情
每年看竹节拔高
看兰草一岁一枯荣
卸下身上所有装饰之物
让自己真实地渐渐老去

这是我现在想的
我的以后

原载《星星》2006 年第 9 期

忏　悔

李　南

我曾经错过了：一个陌生人
一场漫天大雪，和一座开花的果园。
我也不稀罕眼泪、朋友、金耳环
一切世俗的小事儿。

我固执地展开翅膀，飞越一道道山梁
又走了一程程路。
回首我乱麻一样的生活，
真不如这些我错过的，和我不稀罕的。

原载《诗刊》2006 年 8 月下半月刊

过　去

荣　荣

“她有过去。”
这话十分隐晦。
所以音量总低低的。
内涵随话语场景而变。

“有过什么?”
好奇的人在她背后。
耳朵坚挺。“什么
时候？地点？人物?”
他们拿着不眨眼的刀。
脆弱的总被深究着的女人啊!
那些经历。那些难以启齿。
那些疙疙瘩瘩。
沧桑被更深地刻在了脸上。

一只只色彩浓郁的螃蟹。
许多添油加醋的小脚。
不仅仅在这里。
全世界都如出一辙。

她有过去。但谁敢说没有?

意味的石子随意飞翔
有的逼近真相
更多的远离现实

原载《诗刊》2006 年 7 月下半月刊

我绝不会再让你流一滴泪

潘洗尘

也许　对于你
我的现在仅仅只是一个背影
或者　我早已成为你生命中
一段平淡的用不着回忆的经历
顶多　我也仅仅只是一个
你爱过的名字

即便如此　现在
我还是只想告诉你
如果有一天　当你感到孤单
或者……总之有任何阻隔
你都千万不要害怕
在这世上　有一个人
会默默地一直为你时刻准备着
哪怕贫病交加　哪怕生死以许
在这世上　有一个人
会在一个叫永远的地方
一直等着

如果　如果我们
真的还能够相遇在今生或来世

我想
我绝不会再让你流一滴泪

原载《诗刊》2006年9月下半月刊

读三十年后的旧作

汤养宗

作为一个时光魔术师，三十年后，我回到一首
汤养宗的诗歌中。文字已变成魔镜
我看到了他壮年的身体，
他那张还在燃烧的嘴唇
过去的火与眼前的水，他大大方方的情欲
大部分语词依然神经兮兮，
依然没有谁看管的样子
辨认成为相互的鞠躬，
辩驳从两个身体又达成一致的一个人
那么好的火焰，仍旧被控制得这么隐秘，
着实的
显示了一种工艺。我读到："我的未亡人，
你看见的光
尽管有点假，但一定是刺目与庄严的。"
那时，已不知谁是听者与说者，
但我心口在紧缩
指头在几个关键的字眼上停下来
那里没有讨好，没有向谁低头
也没有狡赖与搪塞
仿佛只有完美的病人对另一个完美的病人

仿佛一个苍老的父亲在安慰他苦难的儿子
“我把你维护到现在，今天，终于放心了。”

原载《中国诗人》2006 年第 3 期

晚　餐

长　岛

我要写一写晚餐
我们的晚餐
——当暮色在四周落下
灯光慢慢地唱响……

我做好了饭菜
坐在餐桌旁等待
一个人，像一本打开的书
和一束柔柔的光线

我爱上了傍晚的光线
因为稍等片刻
我的爱人和孩子
就会在光线里归来

我想起了早年的恋爱
仿佛一眨眼
我们的女儿就已经长大
而多年以前我的父亲

也和我一样的年轻

也和我一样的等待
——坐在餐桌旁，做好了
饭菜，等候着我们归来……

直到现在我才慢慢学会
爱上了安静
——我爱上了傍晚的光线
和餐桌旁的等待
我一声不吭地坐在那里
学着我父亲的模样
任满头的黑发
一点点变白

——在寂寥的时空里
我想，我们也有过
短暂而幸福的停留

原载《西湖》2006 年第 11 期

2005 年的第一场雨

邵 揶

2005 年的第一场雨
是从四月十八日下起的
已经下了一星期
先前长春下的雨
是掺了雪的雨
气温一路走低
企图走在春风里的人
掉进菜窖
他们青黄的面皮
像越冬的马铃薯在避光状态下
抽出的芽
2005 年的第一场雨
让牛车在乡道上抛锚
驾辕的牛
喜上眉梢

原载《上海文学》2006 年第 4 期

弄口小调

玄　鱼

多少次上下班经过弄口
走过命运的喉结
曾经滚动的茫然无知
没有及格地汲取
早就一如弄口东面的加工场
机油喧杂的画面
街道失业者组成重复劳动
而西边的大饼油条商店
也不仅是只能果腹的简单美感

1394 弄的小马路能开十吨大卡车
直肠汉子贯通中兴路永兴路
来往穿梭的性别与嘴皮子
连续哼鸣平凡而多姿的歌谣
孩子们自豪首选的步行街么
又一群奔跑的汗水
在大爷宽厚目光摇曳

四个年轻的老同学
缺少一个啦，在弄口
三个小汉子坐在黄鱼车上

聊啊聊那半天就一话题
溜号的老同学明天结婚
“鬼东西要乐得屁股朝天”

原载《新城市》2006 年总第 14 期

复杂的风景

——致维特根斯坦

冯　晏

你思维的轨迹，犹如
成群蚂蚁爬过的
白色细沙，惊人的密纹
足够我用破解密码的焦虑
去观察一生的。有多少
酷爱哲学的学友，蜗牛般
正在你的垄上穿越
他们选购与你有关的书籍
有点像建筑房屋的工匠
一样辛苦，尽管这样
谁也无法确定，再过数十年
能抵达你思想的哪里
如果寻求复杂之最的美景
是不是遇见你的名字足已
你具有认识上凸出
和凹陷的极致，已经为
常人注定了超越的屏障
我的方向，都是在比较中
确定的，橘红色的地平线
像玻璃后面被拉上的纱帘
看不清，本身就是一种

美丽的遗憾。然而
就是遗憾构成了平常
和超验的永久差别
假如缺少对特殊事物
认识的经验，这很正常
黑夜与白书就是在摸索中
相互交流，已经达到亿万年
去获得梦想中的真理
目前看，自己算不算还有一些时间

原载《中西诗歌》2006 年第 2 期

汽车自燃

两年来，我的车还没有过
什么大不了的事故，我知道
这并不意味着永久安静
一个沉闷的天气里
车选择了自己燃烧，这样的
意外，落到我眼前，的确
与一片叶子飘落到我的头发上
感觉完全相悖。围观的众人
看车燃烧的时候也在看我
看一个人是否站在接近
承受力的边缘，是否在哭
或者镇静来自极度的克制
人们真正好奇的
是生命中内部的事物
除了隐私，身体上还有比隐私
更多令人关注的感觉

车烧得并不很重，但消息
像被绑在了信鸽的腿上
漫天飞舞，义务送给了
认识我的每个人。燃烧
是一个具有撞击性的名词
我只是在感情上真正理解过它
当它和事故连在一起
和我连在一起的时候，我发现
生命犹如一张纸，而重量
却轻易就超过了金属
以及比金属更加沉重的
任何物品。甚至当名贵的物品
遭到不幸，我们会为
生命的平安而庆幸，犹如
雷雨掠过的天空，
当厂家顺利地送我一辆新车
作为补偿，那白色云朵般的车漆
轻易就替代了我心中燃烧的
蓝色，以及蓝色给我带来的
漫游世界的感觉和梦想
由此可见，物质的相互替代性
是多么冷酷，这冷酷又多么
优越于具有独特情感的生命啊

原载《十月》2006 年第 6 期

我所爱过的生活

庞余亮

被蝉声锯开的大树，被下午锯开的今天
被钱锯开的一个人

双手向下，马车卷起的灰尘久久不能落下
时光之屑——秒，像蚂蚁一样搬运

颤抖笔记

农历正月的月亮
总是从操场边的树杈中间缓缓升起
这么清醒，这么冰凉
——树枝们在簌簌的颤抖
又一个苦乐之年开始了！

想想这一年虚掷的月光……
那树杈间的月亮，像被风吹不动的灯笼
赤裸的树枝们在簌簌的颤抖
喏，又一个苦乐之年开始了

原载《诗刊》2006 年 4 月上半月刊

牛皮纸信封

林茶居

一个，又一个，牛皮纸信封
装着问候、赠予、期待……从小，我就喜欢她，宠信她
小学三年级，第一次写信，是给当水兵的叔叔
我把地址、姓名，连同未成年的笔画写在她的身体上
有时候我会到村里的供销社，买来一札
一边嗅着她青草的味道，一边长大成人
后来，我用单位的牛皮纸信封
把爱、早操、坏习惯，写给一个人
在她柔软的生活里引入粗糙的事物
现在，有更多的牛皮纸信封，来自天南地北
掏出里面的杂志、稿件或信函
我把她们叠在书桌上。一个，又一个，牛皮纸信封
越来越高。仿佛我的山河，总有旧时光流连忘返……

妖精，妖精

露天的，黄昏的，人民群众的，电影院
今晚的剧目前些天就公开在祠堂的老墙
牌位里祖先们热烈讨论着故事的结局
“他们早早地用完晚餐，更早的，是他们
对即将出场的女主人公的嘘叹……”
秀才的心，生来就为着仙界而柔软。那一身的腰啊

是我少年时代的林中白蛇。喝下这杯酒，便把凡尘烧尽
再没有千年一哭的端午……
当人群散去，白蛇化作慢慢移动的字迹和月光
让我的夜晚变得多情、忧郁、有所期待
旧电影，《白蛇传》，留给我如此肥美的称呼：
妖精，妖精……

原载《诗歌月刊》2006年4月下半月刊

城市与河流

雨　田

我居住的城市被一条叫涪江的河流从中间劈开
河西叫涪城　河东叫游仙　锐利的河流
把丘陵的山脉也劈成两半　我相信所有的河流
都是一把剑
正如我相信黑暗笼罩我们一样　生活在城市
我像一个孤独的囚徒　总是游荡在被人遗忘的角落

河流的底层总是散发一股臭味　我并不怪罪
谁把自由的飞鸟双翅卸掉　那些河流之外的沉默
是一座城市唯一的亮点　这亮点曾带给我许多梦想

一条真实的河流和一座虚幻的城市都在容纳喧嚣
如同我们体验过的　那被称之为恬淡　简约的诗意
在某年某月　我们把情感当作向往的东西　仅仅只是
向往而已　最终我们会死在那些陈旧的观念面前
被人们的记忆悄悄埋藏　这真的不是谁的过错呀……

有时候　我默默地蹲在涪江边　亲耳聆听见从城市
城市的嗓门中发出的嘈杂声音　确实让我感到震惊
我只好堵住自己的双耳　闭着眼睛注视行人与飞鸟

城市把手举得高高　托起无数个命中注定的孩子
命运的低语只有河流能听见　一阵又一阵暴风
吹弯了城市的身影　我从一滴水里发现　在一个
模糊不清的世界里　被风吹弯身影的城市还会直起腰吗
我真有点担惊受怕
不愿在河流的底层厮守一生的寒意

从涌动的河流到城市最高建筑的顶尖
我像一只缄默的鹰
把人世间的新仇旧恨一一览遍
俯视一切事物的来临倾听　风霜雪雨的歌唱

生我养我的不安的涪江哦　你把我的骨头已经磨亮
我的灵魂在向你敞开着　谁都不能逼迫我忘掉
所有的一切　我知道自己的血液在平静地飞翔
不断充溢着寒意和水蒸汽的城市　你确实把我
的躯体连在一起　我无法告诉谁这是福还是祸

我无言地越过河流又无言地穿过城市　河流和城市
穿过我的身体　我如梦醒后的一只飞鸟　正寻找着一条
不是孤寂的路　我想　河流会衰老城市会腐朽

原载《诗歌月刊》2006 年第 6 期

再 见

潘虹莉

好了　一路和四处都是门
有雪也有芳香染指
现在是零下十度　雪还没有融化
我也是雪了　雪的族系
雪的不动声色　雪的心脏

再见　彼此的雪
在雪还没有融化前
我们都将成为　远方
都将成为雪中的花
成为水　慢慢地
我们都将不再　说话

原载《中国诗人》2006 年第 1 卷

明　亮

哑　石

暴雨过后的空气里　你能
感到轻盈、明亮的东西
但不清楚何处明亮，因何轻盈：
正在恋爱的人脸上　总是
荡漾着丝丝慵懒的气息
凡在那脸上荡漾的　都煞是动人
却不知　究竟动的哪门子人

且罢问候，且罢探询
且用电吹风将头发吹出波浪
银发也罢，花白也罢，管管青丝
也罢；风舌因明亮而溶化
这颗心也就是那颗心。
瞧　齐腰高的插座阴影里
红色电流　将插头咬紧……

原载《诗歌月刊》2006 年第 6 期

雾

李郁葱

这样别具一格的早晨，料峭
不过在你的内心：那个梦境里的叫喊
它越来越模糊，越来越遥远
涌起着的也许是晨光——
提着那条别致的腿，一闪
当一个人成为一个背影
走得远远的就如凉了下去的年龄

如雾起时，华丽的转身
有那张开了的眼帘猛然醒来
当车辆堵住太多的街道
走近了的是谁？悄悄的听，那速度
和那匆促中被朗诵着的一夜
有些人如此平静，另一些人
太近的距离让他们看不清对方

那是空气里的微澜——
鸟，优美的身姿，从黑暗里刺出
淡淡的蓝，另一抹是流行的鸣叫
它们投入到晨曦

在雾气中它们构成了污秽的远景
更清晰也更铺陈
有更大的雾气来自于我们的身体

另一扇门

它在，在那暗处，它等待着我
我知道它的愿望：它召唤一个可能
一条新闻里隐约的背景
人到中年：克制、悔恨、对往事绵绵的回顾
但依然还有一扇门在我的身体里
它独自关闭，或者敞开，一个人
是一个夜晚里的辗转反侧
是一条不能同时去走的路
如果我相信，我就是另一个：我们有
打开的锁，闪着光，但有深处的陡峭
那是战栗，黑暗中有送水者的叫喊
有一种渴你无法企及——
这一晚，你饮干了月亮
而咆哮依旧，你有一个迷途却以为就是方向
一个人，这样活着，你以为是一
其实不过是二。这两者不能合而为一
你在，在那扇门之后……

原载《山花》2006 年第 5 期

无　痕

马　季

我站在瓢泼大雨里
手中紧紧攥着她的一滴泪水

悬空的生活

就在今天早晨　我从床上下来
时间的踏板从脚下夺去了道路
想象的冰块从颈后飞奔而入
腹部绞痛　战栗不止
电流在下肢不停地鼠窜

因为没有翅膀
于是更渴望在空中短暂停留
在蜷曲的身体的黑夜里
这是个闪烁神奇之光的理由
半空中　我的生活连同我自己
一切都悬而未决

就像正在向极限弯曲的琴弦
谁也不知道会发出什么声音

反正与年轮灿烂的枝蔓毫不相干
它是一个令人流连的地方
我正在为它双耳轰鸣
口鼻流涕

黑暗之光

黑暗产生于光线降临的瞬间
这一刻在我心头，黑与白之间
发出咔啦啦的巨响
谁能说它不会占据我余生的光阴

这是一个缝隙，通向宇宙的黑洞
手中的茶杯也有可能就是陷阱
如果你在这时想起一个人

雪覆盖了昨夜流动的时间
寒冷从一个屋顶不停地跳向另一个屋顶
手温比气温还低

但它还是忍不住去触摸
即将属于它的不断清晰起来的，那一张
闪动着黑暗之光的面庞

原载《四川文学》2006 年第 11 期

哈德逊河畔（赠 B. B）

周　瓒

此刻，定格的小飞机
令傍晚的云霞淡定
蓝底上一抹白，像耐克品牌的 logo
给曼哈顿打了个正版的分

此刻，长椅上，坐着
因散步而疲劳的人们
“请走得慢些”。快是本地常识
一个游人用她的本能回应

此刻，一首诗却可以漫步
可以是两个孩子骑木马玩
年长的努力把小的抱上马背
背景是家长陪孩子练球的绿地

此刻，身边的高速路塞车
河畔公园有如迷宫
“肯定能走到”，因为你望见
三两路人离水面多近

此刻，高大的树木为我们擎起顶棚
练习自行车的小女孩转了个大弯
红色头盔，关节处的护具衬托
更稚气的少年，远去了

此刻，走近的是黄昏，它的步子
却比你我想象的更快
挟持着一阵河风，它伤着了
水土不服中的外国人

原载《诗歌月刊》2006 年 9 月下半月刊

傍晚，来了一个电话

文乾义

被惊吓是常有的事。这个背景
每一秒钟都有可能，都可能打来
一个电话，实际上是一次惊吓。尤其
是傍晚，天将要黑下来，各种想法
基本上都成熟了。外边正好下着小雪
大街在雪中模糊起来，街灯，有的睁一眼
有的闭一眼。不过，那些号码很熟悉
都是阿拉伯数字，随口就能念出来
但不好记……犹豫间，却没有接听
不知是谁的，会传来什么信息。看看窗外
静静的雪，几乎看不清别的。那些一闪
而过的是车灯，也不多。想着这个电话
像马上要遭遇伏兵，让人心里一紧

原载《中国诗人》2006 年第 1 卷

拿什么拯救

代 薇

抹去一场风暴
必须是另一场风暴

铲平一种记忆
必须是更深刻的打击

忘掉一个人
必须出现另一个人

终止一次溺陷
必须安排另一场思念

戒掉一种毒
必须用更毒的药

对于不可救药
只能以毒攻毒

原载《诗歌月刊》2006 年第 8 期

秘　密

一个有秘密的人
就像身藏着一笔不为人知的巨款
走在人群中
危险　刺激　有毁灭倾向
在摇晃的公共汽车上
我是暗中观察我的人
我是偷走我钱包的人
现在　我看着我下车
午后的阳光涌来
我听见我在身后尖叫了一声
车门缓缓合上的瞬间
我和我终于一晃而过地
对视了一眼

原载《城市诗人》2006 年卷

借　口

桑　克

我做我的事。但我经常
不知此事为何？绝大多数人像我一样。
此事，或为花事，或为叶事，或为根事。
诸多解释，清晰，但难及真义。
我做我的事。只是漂亮的借口。
如同我声称自己是人，甚至夸张地声称
我是自由人。“哦，不过糊涂虫而已。”
“也非虫，因虫也是被冤枉的。”

刀

我有一刀，珍藏很久。
早晨，把它扔出。晚上，欲睡之时，
它又飞回枕边，安静地守着我。
有时，我打开它，看它锋利的刀刃。
有时，我凑上去，嗅它散出的清息。
有点儿黄瓜味儿——那阵子，我总吃
凉拌黄瓜。我切黄瓜。
一片一片，绿血洋溢，沾染我的手指。
我担心，有一日，它会安居另一人的内脏。

我为这想象的风暴而害怕。

我也担心，它会选择新的贮藏室，比如

我的喉管。我害怕。

这把刀子，在我手中，有时冷如冰，有时热似火。

我放下不是，端起也不是，两只手轮换颠着。

原载《诗歌月刊》2006 年第 8 期

澳门（节选）

于　坚

1

夏天　走向海关时出了一身汗　担心起来
过了这关就是大海啦　盐够了吗　鳞是否足以抹去
肉身？很多年了　有个密探一直藏在某处
从不出面
只感觉谁在暗中观察　分析　记录　汇报并
领着薪水　黑暗深处的海豹　随时会把暴露者
衔出水面
现在　忽然这么近　紧贴着我　推了一把似的
隐私被公开在亮处　队伍依次向关口移动
判决的时刻临近了　我看见守门人正歪着头
审视白纸黑字　多次出境　自信也没有
危害过任何人　做事对得起良心
也没有破坏过公园的一草一木　呼吸
急促　神色反常　拼命要露出做贼心虚的样子
汗如雨　无法控制自己像一个逃亡者那样
面对海关　我不能肯定过去的日子中
他是否　已经走错了路线　是否言论过激

行为不检点　是否思想的秘密管道出现裂缝
漏光
或者肾结石已经　于不知不觉中转化为海洛因
偶尔会在荒凉的广场上醒来　察看自己的手指
大部分时间中　我不太知道什么事可以做
什么不可　那么多社论　那么多微言大义
那么多量杯
此一时彼一时　老虎由于花纹来历不明被捕
树木因为议论风被消灭　茶太浓有变色之嫌
因此挨了警告
教师忠于情书　朋友爱梅　曾经都是罪
学生不准读书
后来又统统解禁　多年反复折腾　旗袍和玫瑰
都不显老　只是当事人九死一生　战战兢兢
纷纷草木皆兵　再也不敢了　拉上窗帘说话
是我父亲和同事后半生的小毛病
告密者和打手全部失踪　大海复归平静
鱼虾王八各自归位　还是要吃咸的　沧海桑田
君子三畏　畏天命　畏大人　畏圣人之言
捉摸不透的深　何时　它会再次翻脸不认?
说普通话的目光炯炯　盯着我的光头看了三秒
真后悔没带头发　敲击键盘　核对数据
搜索电脑　可别出现乱码啊“哪个单位的
去那边干什么?”
吃喝玩乐也许还无害生计地小赌一把
却报告说去开会
不由自主　又扯了一个小小的谎

几乎就要像一个罪犯那样举手投降的时候
一个章盖下来　打开出口　放了我
大海是一面灰色的透镜　看了一眼
发现自己的两侧　突然冒出来已经萎缩的腮

原载《山花》2006 年第 9 期

读康熙信中写到的黄河

我从未去过黄河　但我知道它
比知道我父亲的事情还多　总是有
它的种种说法出现在课本　新闻和诗歌里
在中国　人们关心它　就像关心政治
关心着皇帝垂帘听政的　母亲
信任黄河　就是信任地久天长的祖国
伟大的河流　其历史足以令诽谤者三缄其口
过去一直是众口一辞　现在却谣传纷纷
不是已经写成三百卷的文明　出了漏洞
而是水文的状况　令黄帝的子孙吃惊
有一次　那河流的某一段　出现在国家
电视台的镜头上　昔日波涛汹涌的
地址　我们一直在暗暗畏惧着的
“深深的”这样“滚滚的”那样
如今空无一物　河床咧着干掉的嘴皮
像是某个小国家的　大沙漠上的瘦孩子
唯一的响声　来自摄像机的磁头
另一位　安装着电池的幽灵　已经
蹑手蹑脚地　乘虚而入

这可怕的事情由谁负责？　居民？
诸神？　如果黄河消失了
中华民族是否要再次游牧？　连黄河
（永恒的另一个绰号）都有
死到临头的一天　一个诗人　即便
姓李名白　又有什么可以有恃无恐？
另一天　在一份南方的报纸上
发表了死去的皇帝的亲笔信件　因为
一部叫做《康熙王朝》的电视剧
正在全国热播　1697 年　大帝西巡
写信来说　大河上下　风俗淳厚　人心似古
水土好　山上有松树柏树　黄河两岸　柽柳
席芨草　芦苇中有野猪　马　鹿等物　天子
撸起袖子　乘着小船打鱼　河内全是石花鱼
其味鲜美　书不能尽　哦　朕的江山
曾经是那样的　古文　读着就像诗歌
站在虚构的一边　世界从裂缝里漏下去
只剩下干翘翘的部分　空灵　很容易飘起来
小学生都知道　这是伶牙利齿者的把戏
朝代更迭　逝者如斯　河还是那条河
为什么鱼越来越少　沙越来越多？　为什么
未来的好不是过去的好　河水清清
多识鸟兽虫鱼之名　我问的不是一个
环境保护的问题　那位叫做“现代”
的时髦女神　我们跟着你走
也请稍微问一句　你的家那边
有没有河流　有没有夏娃和亚当家里

那类常备的家私？　我还未去过黄河
要去也去不到了　那只是一位皇帝的
二流散文　当年寄给亲信的太监
被密藏于紫禁城的一只盒子　秘不示人
辛亥革命中被搜查出来　作为腐朽皇室的罪状
发表　再次发表　我相信读者不会由此注意
里面提到的黄河　与地面还有多少关系
他们操心的是帝国的　政治　党争
宫廷秘史　以及皇室生活的
小花絮　与电视剧里的情节
是否吻合

原载《中国诗人》2006 年第 1 卷

最委婉的词

翟永明

在我们的时代，人类的命运
在政治术语中表达出意义。

——托马斯·曼

仅用一个词　改变世界
是可能的　如同
仅用一个词　改变爱情

世界和爱情　都因一个词
而痛哭不已
泪水滂沱像一条古老的河

那是流过他们脸的幼发拉底河
那是洗净他们心的密西西比河
那是淹死俄菲丽亚的情欲之河
那是伴随家乡祸害的红色之河

河水滂沱流过他们的脸

世界和爱情　都被擦拭一净
他们没有了双手　双眼和双肺
他们失去了触觉　视觉和嗅觉
河水浑浊掩盖了他们的眼睛
血缘和信仰　也被擦拭一净
他们改换了颜色　肤色和血色
他们变卖了土地　天地和心地

这个词　翻译成中文
就是“改朝换代”
翻译成政治术语就是“政权更迭”
翻译成成都语
就是我们通常爱说的“下课”
翻译成爱情语就是“移情别恋”

他们沉默一片
在最委婉的词说出之后
那是这个词的兴奋点
那是所有战争和爱情的基点
那也是个人伤痛的敏感点

注：“Regime Change”（政权更迭）被美国方言协会选为“最委婉的词”。

性　爱

告别相爱的八月之后
我就把性爱藏在我们共同的枕套里

这个八月　它不吃不喝
变成了我们身体里的重量、力量和酒量

在一个白天一个夜晚合成的易拉罐里
性爱成为一个远程工具
沿着身体里的各类腺体
这个性爱藏在肢体里的各个角落
当血液推动腺体膨胀时
它也全身胀痛、增厚
有时它们吓坏了我

更多的时候　性爱藏在高科技的配置里
藏在少男少女的 QQ 里
它随着我们每一次开机、关机
拼命地想要爬出来　开成一团花
开成一大堆泡沫植物
然而　它不敌一根拇指的力气

经历过许多次求爱风波之后
它再也不可能成为一个行善的家伙
它藏在科学家的档案里
等待他们更新处理
许多人在等待它再次出现

也许有一天　当性爱成为一个物体
它听命于一个指令　它完成它的任务
它孤悬在三维空间

与人与神都无法交流
它再也不能赤身穿行过客厅
也不能藏身在印花枕头下待命
它不再浸泡在花雕酒精中
发软、任性
刺痛到醉态逼人

原载《大家》2006年第3期

易碎的部分

看到一个头颅时
我不会马上想到
有毒的凸透镜
我也不会马上被
转世灵童的魂魄所摧毁
除了她放大一万倍的笑容
除了她偶然的热量
除了她物质的眼睛和眼睛里的黑
这个白得嶙峋的女孩
白得像死亡的皮肤
充满了珍珠的寒意
她靠近了　秋波一转
她虚拟了今天的种种可能
她虚拟了生活中易碎的部分

五十年代的语言

生于五十年代　我们说的

就是这种语言
如今　它们变成段子
在晚宴上　被一道一道地
端了上来
那些红旗、传单
暴戾的形象　那些
双手紧扣的皮带
和嗜血的口号　已僵硬倒下
那些施虐受虐的对象
他们不再回来
而整整一代的爱情　已被阉割
也不再回来

生于五十年代　但
我们已不再说那些语言
正如我们也不再说“爱”
所有的发声、词组和语气
都在席间跳跃着发黄
他们都不懂　他们年轻的发丝
在阳光下斑斓　像香皂泡
漂浮在我的身边
他们的脑袋一律低垂着
他们的拇指比其他手指繁忙
短信息 QQ 还有一种象形字母
生于五十年代
我们也必须学会　在天上飞奔的语言

所有那些失落的字词
只在个别时候活过来
它们像撒帐时落下的葡萄、枸杞和大枣
落在了我们的床笫之间
当我喃喃自语　一字一字地说出
我的男友听懂了　它们
因此变得猩红如血

原载《上海文学》2006 年 7 月号

讲　述

林　雪

我向你讲述我的童年
过去时间中的故事已经久远
太真实了，反而慢慢接近虚假
我向你讲述我的青春：一串
逆境中的抵抗，如今我已经
与身体言和。讲述
我的生活：可能的
与不可能的，庸常的忍受或奇迹
都在瞬间转换着。讲述我的一生
我的童年粉碎了我的青春
我的青春粉碎了我的未来
我的未来粉碎了一切
我的一切又联合起来
粉碎了我的现在

我活着，写诗，只是为了
给自己留下证词。只是
提防这一切突然中止

存　在

我存在。结结实实
用一种早搏的方式

早搏：室性的或房性的
传导阻滞的一种。这种
医学术语对我毫无意义
我的心脏提示它正在
以一种混乱的节律存在

在医院的诊室里
一个不存在的医生
用她不存在的笑
安慰了我。在回家的
路上，一个不存在的人
用他的影子与我相伴
一个不存在的手机号码
传来一串信息
一个不存在的爱人
停在中午带斑点的阴影里

“或者，他们是对的
他们存在
而我不存在”

原载《中国诗人》2006 年第 3 期

旅　程

杨　炼

一

雁叫的时候我醒着　雁在
万里之外叫　黑暗在一夜的漩涡中
如此清越

河弯过去　口渴的人
臆想一杯水墨绿色的直径
陷进玻璃的翅尖冷冷扇着冷冷发脆

沙漏　为沿街每一幢房子下锚
雨后的轮胎撕开长长的绷带

我听见我身体里那些船
在碰撞　龙骨们挤进干裂的一根
雁叫时　粘在耳膜上的城市
悬在别处飞　一种轻如残骸的地理学

二

水是没有意义的

河弯过去　风摩擦干了的船底
老鼠们喜欢攀登这副铁架子
锈腥味儿　像漂亮的鱼刺
月光漆着一个弧度　死者上妆的脸
安静得像只木头子宫丢在岸边
离水声一点远　离沙石小路一点远
离星座间摆脱了方向的舵一点远
收拢的桨像累了的疑问
死死缠在轴上

水是没有意义的
但水的瓷　烧绘出港口的图案
时间带来回忆的主题
一条被悬空架起的船能回忆些什么
除了一个听觉　水一样细密缝合着
除了一只铃　摇响就在删去
雕花的耳朵　候鸟逡巡
而地球错开一步
光年交叉中圆圆的巢
再也找不到　谁驶过哪条河
水　烧结成这块摔不碎的瓷
早碎了　隔开一夜已隔开许多夜
隔着酷爱作曲的历史

水是没有意义的　因而
升起潜望镜的恐怖
醒在一艘弃船里　醒着看

天上亿万条轨道高擎一朵朵荷花
都关紧粉红色　喃喃而说时
被一个无力怀旧的语法抓着
铁的器官屈服于内部的空
还能撑多久　当一条鱼精选氧气里的毒
还试图辨认什么　这一眨不眨的眼前
黎明无须过渡　黎明已徊游在别处
刺骨的美学　离孤独
一点儿远

雁叫的国度是一个坐标
在水下　哪个死者能继续昨晚中断的旅程

三

圆心　隐身张望的文本
把我变成又一页初稿

圆　漂在鬼魂笔迹里的床
被水暴露也被水取消

雁真叫过吗　或一夜深邃到非时间
雁弯弯割断的脖子
越怕听越易于被唤出

听觉比喻地貌　黑暗
比喻一种扣留我的物质
城市的流体溅出一枝桃花

否决地平线的　还是震耳欲聋的心跳声

大脑比喻星空　床沿
比喻一条绷紧的船舷
尖叫囚入一滴雨　梦的万有引力
从它们的万里之外彼此思念
都在圆上　都被还没写出的驱逐着

弯回此地

原载《天涯》2006 年第 4 期

站 台

小 海

旧火车头
像停止喷墨的乌贼
蹲伏在冬日的站台
那些冻僵了收不回来的鳞爪
结着霜，就像铁轨
一动不动

原载《九龙诗刊》2006 年第 1 期

白衬衫

——送韩东

白衬衫在晨风中飘荡
遗忘在露天衣架上
还以为阳台上站着我的兄弟
那是他的衬衫，昨晚忘了收回

鸟儿的叫声远去，我醒了
无畏的日子一去不返
好像发生在昨天，不，很久了

白衬衫有多么快乐
我们，瞬间消失在
街头人群中

原载《长江文艺》2006 年第 3 期

秋　雨

食　指

不知何时起，窗外秋雨淅沥
当我在窗前穿衣看到了这一幕：
秋叶像老人一样，在秋雨中哆嗦着——
在作叶落归根前最后的清洗

我冷到了心里，索性躺到床上
不觉想到也该梳理下自己：
清点自己思想的庄稼地里
有多少成熟的果实并一一采撷

从发现问题到一步步深入地解析
饱满的精神食粮一颗颗，一粒粒
集聚在一起像原野上的红高粱穗子——
风雨中我观点鲜明地举起了火炬

发展中出现的新因素使研究向前继续
像秋雨要几经冷暖才融成点点滴滴
又从高空跌落，滋润秋播后的大地
最后造化出孕育明年丰收的神奇

一切就这样悄悄地进行
默默地但有序地交接更替
在淅淅沥沥的秋雨声中
思想的天空一点点地清晰

天空终于放晴了，我忙起身
推开窗子，舒心地长出一口气
只见雨后的秋叶又现生机
颤巍巍地点头表示：还算满意

原载《北京文学》2006 年第 3 期

太阳下去了

王小妮

我以为天黑总是自然的。

可是，那是一个伤感的自然
所有的人在观赏自杀
他们见死不救。

我正在登高，在某个显要位置上
观看整个城市的末日。
我们手持一把多么多么厉害的铸剑。
这些老练沉着的凶手
杀了人又见了血
从没想过逃亡。
从没眨过眼。

没有什么是自然的
天被迫着黑沉，连挣扎和声响都没有。
我亲眼见到太阳在自刎

没有拔刀相助的

古代义士，他们隐逸得太快了。

原载《诗歌月刊》2006年第3期

新现实主义协会

臧　棣

看上去像是夫妻，瞎子乞丐
把特意为我们准备的小纸盒
放在地铁站口的阶梯上——
小纸盒很浅，里面漂泊着小面额的纸币
和匆忙的同情心。

二泉映月仍然没有过时，
新的，甚至比旧的更牵肠——
听上去，就像是连夜赶作出来的。
有时，我的确不能像他们那样断定
心连心更普遍，还是心牵手更灵活？

让城河的倒影打着蔫，散发出
慢性病的气味。柳阴下，
一盘臭棋安慰着退休年龄。
进进出出，在换乘地点，
人的旋涡，再次发明了人的含混的集体。

自行车存车费上涨，
鲜花插在塑料桶里出售，价格低廉。
废纸屑和饮料杯的睡眠

铺在脏兮兮的盲人道上。
最惊人的新闻，一块钱一份，每天如此。

这里，向左或往右，
都是岁月如歌又跑了几次调。
他们的，或我们的，伟大的政治
找不到自己的对手。
而生活的表面持续遭受常识的报复。

老庞德说的没有错，
幽灵如早已开好的药方——
每个人的脸都在湿黑的枝条上挂了号，
尽管他没有明确地指出
这黑枝条距地面究竟有多少米。

原载《中西诗歌》2006 年第 1 期

当死鱼游动的时候

周伦佑

这是我亲历的一个事件
翻过炭笔的山峰，一个环形的湖
出现在我的眼前。不是明亮
是阴郁的陈述，一潮死水的寂静
追使莲花与飞鸟灭绝
湖上漂浮的死鱼
是作为战利品来炫耀的
那些翻着白肚、鼓着圆圆的眼睛
漠然地瞪视着天空的死鱼
有的肥大，有的瘦小，其中的一条
铁青着脸，死得很彻底
背上已开始腐烂了。就在我疑惑时
这条腐烂的鱼张开嘴，吐出一个气泡
向前游动了一点点。只是一点点
整个湖面突然摇晃起来
开始是轻微的摇晃，接着
是剧烈的动荡，赤裸的死鱼
一条跟着一条站立起来，围成圆圈
在湖面上跳起奇怪的舞蹈
那是很少见的一种舞姿
在尾巴击打出的节拍中

死鱼们扭动身子，发出
怪异的声音。湖面更剧烈地
动荡，湖水陡然上涨
那条腐烂的鱼率先游出水面
游上了岸边的树梢（是最高那棵树）
其他的鱼也跟着游上了岸边的树梢
这时，天空裂开一道口子
流出很浓的血，把湖染成了红色
炭笔的山峰轰然崩塌，湖水
翻转过来，把我压在了湖底
我在窒息中挣扎着，被恐惧
扼住的喉咙，发出了一声喊叫……
墙上的鱼形挂饰兀自摆动着尾巴
我身上胎生的鱼鳞正一片片脱落……

原载《中西诗歌》2006年第4期

酒桌上的谎言

伊　沙

春节期间
与老友聚会时
酒酣之际吐出的话
被他们当了真
我说："我在三十岁以前
已经过了美人关
我在四十岁以前
已经过了名利关
我争取在五十岁前
把生死关给丫过了
老子连活都不怕
还怕死吗"
我的朋友们
把我的话当了真
就敬着我这个人
其实我对他们撒了谎
其实我一关都没过

原载《诗歌月刊》2006 年第 8 期

多像是我的儿子

公共汽车
一路向前
途经某站
上来一群小学生
车子顷刻
变成鸟笼
叽叽喳喳
叽叽喳喳
孩子们在议论
为近期的洪灾
捐献的事情
你捐什么
他捐什么
最小的一个
公鸭嗓子
说要捐出
他的泳裤
遭致耻笑
焦急地辩解
他说他是
想让灾民
穿上他的泳裤
从大水之上
游出去

原载《青年文学》2006年第3期

简单的自传

王家新

我现在写诗
而我早年的乐趣是滚铁环
一个人，在放学的路上
在金色的夕光中
把铁环从半山坡上使劲往上推
然后看着它摇摇晃晃地滚下来
用手猛地接住
再使劲往山上赶
就这样一次，又一次——
如今我已写诗多年
那个男孩仍在滚动他的铁环
他仍在那面山坡上推
他仍在无声地喊
他的后背上已长出了翅膀
而我在写作中停了下来
也许，我在等待——
那只闪闪发亮的铁环从山上
一路跌落到深谷里时
溅起的无穷回音?

我在等待那一声最深的哭喊

柚　子

三年前从故乡采摘下的一只青色柚子
一直放在我的书架上
现在它变黄了
枯萎了
南方的水分
已在北方的干燥中蒸发

但今天我拿起了它
它竟然飘散出一缕缕奇异的不散的幽香
闻着它，仿佛有一个声音对我说话
仿佛故乡的山山水水
幼年时听着的呼唤和耳语
一并化为涓涓细流
向我涌来、涌来

恍惚间
我仍是那个穿行在结满累累果实的
柚子树下的孩子
身边是嗡嗡唱的蜜蜂
远处是一声声鹧鸪

而一位年轻母亲倚在门口的笑容

已化为一道永恒的

照亮在青青柚子上的光

原载《山花》2006 年第 3 期

我想拂去花朵的伤痕

林　莽

我总想拂去花瓣上轻微的伤痕
轻轻采摘那些微微泛黄的叶子
让美好的事物更加纯粹
也许因此我是个诗人，
把理想放在最高的地方
不但欣赏　而且实践
那些卑鄙的人在你的四周暗藏杀机
他们为自己阴暗的心理
伸出了肮脏的手
他们让我知道一些美好的事物必然受到伤害

但我依然如故

白蝴蝶

从成都到江油的高速公路上
有许多翩翩而舞的白蝴蝶
一只　两只　三只　有时是小小的一群
在通往李白故里的路上
它们穿越黑色的高速公路
像飘落的白色纸片

不是早春，是油菜籽即将炸裂的日子
阳光并不强烈
水汽有些凝滞
仿佛它们知道
我们是为追念一个诗人而来的
它们成群结队地飞
带着某种潜在的意味

我在心中背诵着李白
“君不见黄河之水天上来
奔流到海不复回
君不见高堂明镜悲白发
朝如青丝暮成雪……”
人生仅是短暂的一瞬
一只白蝴蝶突然撞在了挡风玻璃上

从成都到江油的高速公路上
我想象一辆牛车的行进
那些白蝴蝶一定围绕着牛车上醉酒的李白
而杜甫正在几百里路外的草堂
面对浣溪沙和内心的秋风
看见了长江不尽的东逝之水
沿途再向前就是陈子昂的读书台了
他独怆然而涕下的情怀
与今天在网络上游历的诗人们
隔着的历史多么遥远

有一种速度使时空变得狭小
那么多虚妄者被压缩成薄薄的纸片

在漆黑的道路上飘摇
在高速行驶的公路上　许多只
飞行于诗人故里的白蝴蝶
纷纷撞在汽车的挡风玻璃上
成为几点被雨刷器轻轻抹掉的污渍

原载《人民文学》2006 年第 7 期

跨世纪

陈东东

寂静大旅馆——格局像一座弃用的
宫殿，老式电梯
卡住过旧时代肿痛的咽喉

梦见红色的蒸汽机头时
旅客正完善抵达的礼仪。旅客
推开窗，（紧贴窗玻璃迎候的
虚幻，有晨风探访鸟巢的表情）
他处身于空旷——空旷和饥饿
顺便也完善了苏醒的礼仪

地下隧道再一次向他推荐新世界
旅客从寂静融入正午，听到背后
老式电梯轰隆隆掉进深深的

幽怨。而他所见的不可名状
强光要剪除一切黑暗、一切阴影
一切暧昧中往昔管辖的怪癖和悔恨
（如此绝对里，他是否依然追随
夜女郎?）旅客企图发现一棵树
找回属于昨天的轻唤——“爱

“留下……其余无价值”。旅客穿越
未来火车站，他参观陈腐的
骷髅专列：蒸汽机头朽烂在红色里
记忆如同绳索，一下子
松开旅客。凹陷无名间一颗现在
剧烈地跳动。（他挣脱自我去融入
自由？也许反而受绑于遗忘？）旅客
回头看：寂静大旅馆倒挂在天际
——强光甚至也剪除了此刻

原载《作家》2006 年第 4 期

晚秋林中

陈　超

黄昏时分湿漉的林子
有一种你依赖的自闭安慰感
那边飘来孩子们烧树叶的呛味儿
年光易逝，这次是嗅觉首先告诉你

望着鸟群坚定地穿过西风的气漩
你的心已不再因碌碌无为而惭愧
日子细碎徒劳的沙粒多么安静
向平庸弯腰，你因学会体谅而温顺

怕惊扰林子那边的不知名的鸣虫儿
你也不再把惆怅的丽句清词沉吟
当晚云静止于天体透明的琥珀
你愿意和另一个你多呆些时间

原载《诗刊》2006 年 2 月下半月刊

伤风感冒谣

黑大春

那排鞠向大地的
看着我长大的槭树还在生长
而我的青春业已泛黄

雨后的旧楼区锃亮得像少年
含满口水的琴，如今
只有排污井的呜咽，依稀可闻

统领黑暗帝国的路灯刚通过
新一轮选举，可明天
准又被在野的孩子一个个弹劾

拱廊形的林荫小道
引我们出入的女性，永远一袭
月色撩人的旗袍
那排鞠向大地的
看着我长大的槭树还在生长
而我的婚书业已泛黄

快步小跑的绿睛暹罗猫重叠着
无数只脚，前半生的

厄运怪谁？呸！鬼知道
酒徒吹响最后一支啤酒的
熄灯号，星星的秒针滴滴答答
环绕月亮这块旧怀表

有多少次分手就有多少岔路口
有多少往事就有多少出租车
冲向我回眸的十字街头

那排鞠向大地的
看着我长大的槭树还在生长
而我的履历业已泛黄

原载《诗歌》总第 7 期

阿尔巴尼亚

杨　黎

在我们那个年代没有人不知道阿尔巴尼亚
没有人不知道它是欧洲社会主义的一盏明灯
而另一盏明灯是我们自己。在那个时代
从北京到地拉那，我们都会唱这样一首歌
海内存知己，天涯若比邻。我是后来
才知道这是中国唐朝诗人王勃的诗
他很早就死了，根本没有去过地拉那
当然更不知道地拉那：不知道它其实非常的小
我们的朋友魏国曾经神秘地对我们说：整个
阿尔巴尼亚就像我们古代的夜郎国
我记得，我保证：那天是 1974 年的某一天
我们刚满 12 岁，都以为他说的是反动话

原载《诗歌现场》2006 年秋季号

人与人之间的关系

何小竹

要想写一首诗
来阐明这个关系
是一件很伤脑筋的事情
有人可能要问
那你干吗还写
是啊，伤脑筋的事情
不写也罢
只是今天偶然想到这个题目
一时心血来潮
以为自己能够
说出点什么道理

原载《诗歌》总第 7 期

皇宫

钟鸣

古代有个画师，专门把美人打入冷宫，
这究竟是怎样一种隐私呢——不让皇帝花心，
便会单纯地去讨论墙上的地图，弄清形势？
他嫉妒一个阴性的果实，就像恨自己的败笔，
而这种恨只是一条不贴切的边界，呈阳性，
所以也就不具有任何意义的内骸和回应……最后，
他本人也因这孤独的手法而倍感沮丧，并严重缺氧，
结果，厌恶自己比阻止别人更容易褪色，等皇宫醒来，
而世界因每一粒灰埃都知道自己折射的轨迹而沉睡时，
什么更微不足道呢——我想，应该是皇宫的缓刑，
因为它曾容纳过片面的头颅和一定数量的偏僻。

原载《今天》2006 年第 1 期

诗是写给灵魂相通的人看的

——致代薇

杨　克

一

当白色鸟急疾地扑进林子，恍惚中
万箭穿心的感觉
一只航行在内河的红舞鞋
轻易听懂了它嘴喙和翅膀的抖动
你节奏轻盈的足踝，旋转
一朵绿色春天的风信子
“这封信如果有人愿意读
我乐意去按全世界的门铃”

“一生不只谈一次恋爱，一封信却只有
一个读者。”
“诗是写给灵魂相通的人看的！”
你隐匿在晦暗里。或者捧着茶杯取着暖
或者花树下吹着风
独自感受心旌摇曳的飞翔
“天呐，这正是我读它时的感受！你把它说出来了！”

二

世界上有两株完全相同的桑树吗？

你我各自虬枝独举，枝叶纷披
眼睛挨着眼睛，像高枝上并蒂的叶子
在浩浩时空中
冷暖自知。预感未来世纪的流行风气，

我们如此相像。世俗的人
因文字而纯粹
“还有谁关心扫帚，关心灰尘的心？”
两根蚕丝，织一匹
生命交织的锦绣
琴瑟和鸣
高山流水奏响乐章

酒，溢出来的时候，细细的一脉
铁一样的静，这就是结局。完美

当我写下永恒　我目睹钻石熔化
当我失去
我未曾有过的东西，一想到消失你就不见了

人　民

那些讨薪的民工。那些从大平煤窑里伸出的
148 双残损的手掌。
卖血染上艾滋的李爱叶。
黄土高坡放羊的光棍。
沾着口水数钱的长舌妇。
发廊妹，不合法的性工作者。
跟城管打游击战的小贩。
需要桑拿的

小老板。

那些骑自行车的上班族。
无所事事的溜达者。
那些酒吧里的浪荡子。边喝茶
边逗鸟的老翁。
让人一头雾水的学者。
那臭烘烘的酒鬼、赌徒、挑夫
推销员、庄稼汉、教师、士兵
公子哥儿、乞丐、医生、秘书（以及小蜜）
单位里头的丑角或
配角。

从长安街到广州大道
这个冬天我从未遇到过“人民”
只看见无数卑微地说话的身体
每天坐在公共汽车上
互相取暖。
就像肮脏的零钱
使用的人，皱着眉头，把他们递给了，社会

原载《诗歌月刊》2006 年第 8 期

马其顿女孩

默　默

我在上海突然渴望爱

可能斯科普里的剧院里一个女孩也在渴望
可能白云飘到哪儿她就住到哪儿
可能白云飘到悬崖上她就在倒挂松树上睡
可能白云飘到大海上她就枕着波涛睡
可能白云飘到沙漠上她就脚搁沙丘睡
可能白云飘到草原上露珠就沾湿她的梦
可能白云飘到森林上她就把落叶当被窝
可能白云飘到城市上她就把大街当眠床
可能白云飘到教堂上她就躺进圣母的怀里睡
可能她的花心是矢车菊的花心
可能她正在梦见一个追着云儿跑的中国男孩
那么这个男孩就是我

我爱上一个马其顿女孩

原载《中国诗人》2006 年第 3 期

咳　嗽

树　才

还没到十点。离
晚间新闻还有一段
不算太短的等待

咳嗽冲上来了！像
涨潮一样无法控制，像
叫醒服务一样准时

喉咙胀得痒痒。痒
痒得发疯！但痒的
感觉，怎么也咳不出来

活在红尘里，谁
不想一醉？酒，酒……
干杯，干杯！

趁着醉的暗门半开
你我，把各自的内心
掏出来，亮了一下

咳嗽是心事的反复

播放。太阳，你
照见的秘密太多了

生活的力量，就是
让人心碎。散步，散步
……然后，分手

当一位农村少女低声
说出：堕落！当咳嗽
活像一位浪漫主义大师

你我，只能把理想
降到弯腰的高度，并把
肾虚症当众揭发出来

原载《诗歌月刊》2006 年 1 月下半月刊

一场自由的风

伊 甸

这是一场自由的风
它并不是暴雨派遣的先头部队
也不是寒流的搭档
它不需要借助树叶的唠叨
证明自己的存在。它来了
就像一个独往独来的侠客
为自己的使命而奔走
它经过我的身边，我听见了
它的心跳，它血液流动的声音
它旁若无人的独唱

黑暗中的河流

我们看不见河流
但是它在流
我们听不见水声
但是它在流

我们爱它，我们给它写一千首赞美诗
但是它在流
我们恨它，我们发誓忘记它
但是它在流

我们远远逃开，一去不复返
但是它在流
我们寻找它，像寻找圣地一样虔诚
但是它在流

我们气急败坏地吼叫，咒骂，威胁
但是它在流
我们取消它，删除它，否认它的存在
但是它在流

黑暗愈来愈黑，愈来愈暗
但是它在流
天塌下来，堵塞了它以外的所有河流
但是它在流

原载《今朝》2006年第2期

空气里的金蝉正悄悄脱壳

马　莉

躲起来吧，小声些，说话小声
动作谨慎，困难穿越上空
脸颊上的发丝垂落芳香
影子磨损黑夜，扰乱着，叛变着
旁边的晚风，午睡的窗口
晚上是它自己，白天就摇身一变
这夏天的幽灵怎能不忧心忡忡
谁把月亮想念的古老国王掳走
他沉入了哪一座湖泊
他跌进了哪一层空间
这是怎样的隐蔽之所啊
一只善变的虫子，一只爱的虫子
但是，小声些，再小声些
空气里的金蝉正悄悄脱壳

画一画我们的月亮

无法回答月光，最简单的事物
被大地融化时活着的泪滴
无法让它知道人类在消失时
最深切的隐痛不是哭泣
不是爱情，不是屋檐下的依恋

也不是海水被太阳反射后
留下的黑暗又破损的皮
一张皮，一张用来包紧我们内心
和我们一生的冷暖的皮
冰凉的空气穿越冰凉的面颊
衰老的时间在月光中远行
我再次拿起笔，画一画我们的月亮
画一画我们远去的流水
彼此之间难以跨越一生的断桥

原载《诗潮》2006 年 11—12 月号

夜半云中的火焰

伊　蕾

夜半云中的火焰
把光芒铺满我的睡床
远处开迎春花的坟
在我眼中散发奇香

如少女时看你
如无名的死魂
在暗淡的天空下
孤独地高举着头颅

我们习惯了这样死
现在我们要习惯这样生
这时，亲爱的
这时我是无欲的女人

枯萎的月光雪一样温柔
盖住夜的手脚
几个巨大而陌生的面孔
消失在四面门窗

葡萄园

你这血一样鲜的蜂群
来呀，来呀
用你甜蜜的齿唇
用你尖锐的蜂针

在你赫然成长的夜里
我是天上地下之水
灌溉着龟裂的前沿
又在雷雨交加的夜晚
思想全年

我最后的葡萄园
扇动着疯了的翅膀
刺穿了我
而世界又被我刺穿

滴血的葡萄园
滴血的葡萄园
鲜血就要流干

原载《诗刊》2006 年 3 月上半月刊

儿　子

马铃薯兄弟

我承认我累了
需要睡一会儿
他赶忙去拉窗帘
时间正是下午
他却道了声晚安
他那么细致
一丝不苟
关门的时候不忘关照
别蹬被子
这时他一定觉得
他说了这些
做了这些
他就像我了
或者像我的爸爸了
这一定给了他特别的体验
他从来没有这样的机会
他的爸爸从没有忙里偷闲
从没有表现虚弱
今天他有了不一样的机会
说起来不怕你笑话
我知道

他这样做
也是希望我能早点睡下
他好有片刻的独立和自由
独自安排自己
像一个大人一样
独自拥有
那么大的一个空间

原载《诗歌月刊》2006 年 9 月下半月刊

飞翔的羊皮

晓　音

黄昏快到了，一只羊行走在空旷的田野上，
山中的寺院钟声响起，汲水的少年
把水扬洒在片片白云下面

天！这是黄昏来临前飘过眼前的事物
我记忆的正午，
一只很像羊的羊穿过我屋前的长廊
那时，屋里灯光暗红，
我的祖母哼唱着上个世纪的情歌
炊烟下面，苟合的老狗打着惬意的哈欠

时光错落，我从一道阴影中现出身体
我设想自己能生出一窝水晶般的儿女
不再需要烛火便四处灯光通明
舞蹈、歌唱。在我不大的家园里
门前种树，门后种树
我把所有的地方都种上我喜欢的枞树
然后，飞翔的羊皮降临
在那个毛茸茸的世界，里边和外面
容纳了我人生的经验

门前种树，门后种树
我把所有的地方都种上我喜欢的枞树

然后，飞翔的羊皮降临
在那个毛茸茸的世界，里边和外面
容纳了我人生的经验

原载《中国诗人》2006 年第 1 卷

突　然

来不及想，事情就发生了
我从你的眼睛里
接受了夜幕的降临
毁灭的村庄
那些承载了悲伤的消息

现在，我无法注满你空寂的内心
低飞的翅膀在冰雪中片片陨落
世界往复回环
天上、地下
缓缓而过的蚁群
让冬天变得昼长夜短

我甚至想不起
是在怎样的情形下面
事情就发生了

原载《诗潮》2006 年 5—6 月号

黄陂南路往南

苏历铭

我和新天地酒吧里的食客一样
由黄陂南路往南，在细品慢饮中体会风雅的文化

其实这个文化离我遥远，尤其是彼此的附庸
一个时辰细饮一杯咖啡
让我想念清淡的绿茶
新贵们讨论着股票升跌的各种可能
小布尔乔亚依偎在侧，眼睛四下张望
不时地梳理被风吹乱的秀发

在城市文明的夜晚里，我的灵魂是蜡烛的火焰
摇晃、跳动和逃窜
面具是出行的手杖。在别人的眼睛里
我是温文尔雅的君子
但我想做一个杀手
把矫揉造作的装饰一个个地清掉

我的对手是一群寄居在这种文化里的螃蟹
生活让我必须要去面对
必须坐在他们中间，欣赏他们的横行态度
看着他们在回暖的季节里慢慢变红

与时代精英的漫谈里，我经常分神，经常想到
童年的一个伙伴
每晚他都在夜市上贩卖钟表，辛苦
却两手空空

四季青桥

由此往西，香山在料峭的寒冬里
凋落了秋天的红叶
乌鸦偶尔的鸣叫，在空旷的草地上浸染着悲凉
路上不再蜂拥人群
万安公墓的地下，长眠着沉睡的灵魂
在没有行踪的季节里，他们渴望走回地面，
打破死寂

由此往北，世纪金源大酒店的宴会厅里
灯火通明
手持刀叉的食客们切割牛排
碰撞瓷器的脆响声，并不影响桌下寄居的蟑螂
而地下，夜总会上演人妖艳舞
在浮躁的年代里，有人不再坚守贞操，
甚至性别

由此往东，阻塞的车流已经水泄不通
汽油在无谓地燃烧，车轮却不转动
调频收音机里传来能源危机的忧虑
抱怨攀升的油价
有人发疯地按响喇叭
在每一辆车的后面，尾气正温暖着大地

雾霭似的天空侵蚀着人类的肝脏

由此往南，汤泉别墅已经销售一空
新贵们一掷千金，渴望地下喷涌的温泉
重新还原健康的身体
房价飙升，已经比天都高
民工们拥挤在狭窄的工棚里
啃着冰凉的馒头
血汗浸透的砖石，堆砌繁荣
财富的蛋糕上，没有一片体面的奶油留给他们
遗弃的包装纸盒，还需从垃圾箱里捡出
拆开，在身下放平
桥上，一只迷失的宠物狗正在轻吠
发情期的躁动，才让自己发现已被主人阉割
桥下，停着一辆闪烁红灯的警车
几个警察威武地巡视
准备随时开出手中的罚单

原载《诗刊》2006 年 6 月下半月刊

秋 天

萧开愚

追求美感的人，如此着急，
回收好听的暗语。
缩紧了的嘴巴紧闭，
和霜晨一样白。

追求你的人跑来
清爽的晚风里。满盈的仓库
装着黄色火药，也不爆炸。
原来是谷粒不会爆炸。

你那金丝的薄衣裳
想一想啊，衣中的玉，
难言的弱，更是难言的冷。

越放弃越是空旷。
你飞起来，像一只白色鸟儿。
要是飞起来多好，回旋如私语。

原载《青年文学》2006 年第 6 期

在枕头下垫一本书

张　锋

有几年了
睡觉时在枕头下垫
一本喜欢的书。这样
睡得踏实

半夜上厕所
回床后摸一摸它
有时还会翻看几页
再躺下

只是这几年
睡觉时身旁一直没有
一个像书一样的女人。

来灌灌水吧

在别人的故事里
我泪流满面
可是谁又知道
我的故事？

我的故事
也会让你泪如雨下
可是在别人的故事里
我的眼泪已经流干

所以
你　来灌灌水吗?

原载《海拔》2006 年第 1 期

即兴 (我想这样)

我想这样，迟疑一点更好，
太快，身体还没有交待。
从梨树上摘下苹果，当然，
也不是意外。
意外的是出发过早，
要么路上止步，要么中途死掉，
要么到另外的路上去。
“孩子，要从你父亲这个年纪，
才产生兴趣，迟疑一点更好。”
否则身体还没有交待，给他韭菜，
好歹要交待一下。
“来生想做些什么?”
“方便的话，就什么也不干。”
“不行，也不可能。”

“那就做一名兽医，
在中国乡镇漫无方向的游逛，
偶尔，从龙头上摘下羊角，
呜呜地吹到天黑。”

即兴（猴子）

车前子

我终于忍痛割爱。
放走那只与我常年为伴的猴子，
它毛色蜡黄，像纵欲过度的措辞，
“除此之外，一筹莫展。”
蹲在夸张的两腿上面，猴子，
大概至死也不会明白我的苦心。
放走它，对我俩——
还真是，或许酷刑。

原载《九龙诗刊》2006 年第 1 期

一个城市的血

李　瑛

阳光
从十五层高的脚手架上
泻下来，穿过安全网
瀑布般喧响

一个年轻壮工
从十五层高的脚手架上
坠下来
劣质的安全网欺骗了他

一个十八岁活泼的生命砸下来
雄心勃勃的大楼颤动了一下
本来，它就是他身体的一部分
本来，他的生命应高过楼体

三十分钟前，他还念叨
收工后要给妈妈寄药
二十分钟前，他的血
就凝固在工地瓦砾上
十分钟前，谁拉来一个

装水泥的纸袋子
盖在他扭曲的脸上
不让人看见

风，用一千只手
猛烈地抽打着
断裂的网绳
荡动在我们生活的头顶

原载《十月》2006 年第 4 期

我们用什么哺育诗歌

用血里的铁锻打钉子
用骨头里的磷点燃油盏
用钉子和油盏
建造诗歌
当然，还要有一把苦荞米粥喂养
还须搅拌泪的辛酸、汗的盐碱
必要时，还须跑回失去的岁月
把自己的声音找回来
当然，更须让它睁大眼睛
瞩望未来

否则，它们只能是废铁和石头

如果能把我们的诗酿成
一滴蜜、一束光或一团火

就可以以它建设新生活和

尊严的城市

原载《人民文学》2006 年第 4 期

落叶之舞

邵燕祥

十二月
起风的日子
我遇见
一片落叶立起来
如此匆匆地
横过小路
——喂
你到哪儿去?

这一天入夜
遥远的冷风鬼哭狼嗥
步步逼近窗缝
忽然一片沙沙响

落叶　落叶　落叶
从四面八方
乘风而来
就在窗下喧闹
进一步　退两步
聚拢来　又散去
并排着又转着圈子

落叶在跳舞
准备了一个夏天又一个秋天
狂欢的
告别舞会

火车叫

我多想听听火车叫
我又听见火车叫了

一阵轻快的
提高八度音的汽笛声
从云天之外远来
又义薄云天而去
这不是我熟悉的汽笛
这不是我所留恋的火车叫
把我从梦中唤醒的
儿时的火车头
曾经满腔悲愤地叫着
多么粗犷　多么深沉
震撼着大地　和
大地上每一道窗棂

我童年的梦撕成碎片
随着一列列火车远去
伴着每一声火车叫

如今只剩下　一个破落的小站
枯坐在长长的铁路线上
那就是我

鹄守水泥剥落的站台
听火车叫
想念过去的汽笛

眼前的铁道
一头通向过去
一头通向未来
我只是听着火车叫
却不登上无论哪一节客车

我视来日如往日
那里有我熟悉的一切
独独失去了
惊醒过我又安抚过我的
蒸汽车头发出的
遥远的
沉洪的
火车的叫声

原载《人民文学》2006 年第 9 期

归　去

郑　敏

从窄门里走出一个身影
这归途中的心灵
衣裳不整，长裾翻飞
撒下无数花瓣
青春之灵早已幻化
芬芳的落英
飘拂的翠条

顺流婉然漂下，扁舟
没有船夫
没有归人
只有一朵护航的
白云从高空俯视
一片生命的落叶

一条不名来处的鱼儿
带着生命的鳞片逆流
迎上扁舟，伴它一程
生的漂泊，听着远处

千层波涛万种海吟

归去，万丈碧深无语

原载《人民文学》2006 年第 1 期

普鲁斯特的蔷薇

郑　玲

逝水年华已成追忆吗
河水逝而犹在
普鲁斯特旧居的野蔷薇
盛开如昔
朝圣似的
全世界的人都来到孔布蕾
为摘一朵普鲁斯特的花儿
佩于心旁不让萎谢

而这个由诗意造成的人
在有眼睛之前就先有眼泪
他自幼被疾病所困
只能把沉沉帷幕撩开一线
窥视天空

但他的目光
并没有茫然若失
痛苦与回忆
做了他的两位缪斯
失去了广度却获得了深度
这个柔弱的人

毫不柔弱地开采了他的矿脉
隔着世纪的黑夜　蔷薇如火
照着我读他的杰作　看见他
以一种重压下的优雅步态
从书里走了出来
明亮的黑色的眼睛
带着淡紫色的眼圈
忧伤　沉默
蕴涵着　大海的负担与忍耐

原载《人民文学》2006 年第 10 期

感恩之歌

绿　原

早起扶着自己困倦的躯壳
向永恒而又新鲜的东升的朝阳五体投地，感戴它仁慈而慷慨地布施
那高贵而万应的金色光液，
致使倔强的灵魂
从梦魇的重压之下
霍然而起

信步走到野外的池沼边
环顾，俯身，闭目，
敞开干渴而沙哑的口咽
痛快掬饮一大捧
从悬崖倾泻而下的清冽的甘泉，
从而通过一滴滴渗透与循环，
致使贫血的身心
在一阵阵寒噤之中
陡然充沛而温暖

睁开朦胧的双眼
在短浅的视野之内
看见一株夹竹桃

在微风中掀动
她粉红的花袄，
一面抗拒野蜂的骚扰，
一面若有所待地向天空抖搂充满黄色粉粒的花药——
不胜景慕
到几乎与之合而为一
而怡然自得于自己的俊俏

回头仰望
一株参天大树
展开枝叶茂密的怀抱
庇护着无数弱小的雀鸟
对比着它的沉稳和静谧
是它们放肆而自信的喧噪
于是敬畏之心油然而生
合十皈依进而参禅悟道
不自觉向它低下头来
在万缘俱寂之际
深深感到自己渺小

比照大自然之
无限的蕴藏与
无私的允诺，骇然发觉
机体的活力日见衰弱
对生命的繁丽与久远
缺乏起码的执著，反而
为一层美名为“淡泊”的
冷漠所包裹：面对自己
逐渐无机化，实在

不胜惭愧
甚至不胜惶惑

原载《诗刊》2006 年 11 月上半月刊

花树下

蔡其矫

火红的丛花满枝头
绿荫深处隐小楼，是谁
从斜坡树影中下来
带花香匆匆经过
是谁养在深街小巷
体态纤美修长
纵使今夏少雨
她依然温润如玉，难怪
路遇便一见难忘
从此相思红线长系
柔心弱骨的凤凰花
盛夏炎阳发光华，从此
琴岛时现梦中
总在轻声提醒我
楼前绿荫轻步声
那份谦和与娴静

原载《诗歌月刊》2006 年 7 月下半月刊

找个地方去发呆

宫　玺

一个沉默寡言的朋友
约我去一个
可以发呆的地方发呆
有诗意吧
而且费用不菲

现今诗意也未能免俗
一俗就呆，一呆就俗
讲什么雅洁，什么安静
不过是
对面而坐
两杯茶
可以交流目光
可以各想各的
也可以形同陌路人
把三个两个小时坐成真空

过海宁王国维故居

故居空空
不管怎么修复也修复不了
逝去的岁月

魂兮不会归来
归来做甚?
既将身心功名自沉昆明湖底
就不想与世人争什么地盘
故居何物?
不过是生命的一个起点
生命安在?
知者自知
不知者不说也罢

原载《星星》2006 年第 7 期

红嘴鸦

高洪波

草地上一只红嘴鸦
平庸地纵跳撒欢儿
红嘴鸦黝黑若铁
唯一只红唇性感无比
它的欢乐是本能的欢乐
它为春天而鸣唱

布拉格的红嘴鸦
自信　从容　顽皮
在你脚下踱步　像绅士
却鼓捣出窸窸窣窣的声音
小眼珠充满好奇：
你们这些黑头发的中国人
凭什么对我发生兴趣？
我可不是你们的八哥
黑家伙从不学舌……

原载《作家》2006 年第 7 期

一个音符过去了

叶延滨

一个音符过去了
那个旋律还在飞扬，那首歌
还在我们的头上传唱

一滴水就这么挥发了
在浪花飞溅之后，浪花走了
那个大海却依旧辽阔

一根松叶像针一样掉了
落在森林的地衣上，而树林迎着风
还是吟咏着松涛的雄浑

一只雁翎从空中飘落了
秋天仍旧在人字的雁阵中，秋天仍旧
让霜花追赶着雁群南下

一盏灯被风吹灭了
吹灭灯的村庄在风中，风中传来
村庄渐低渐远的狗吠声

一颗流星划过了夜空

头上的星空还那么璀璨，仿佛从来如此
永远没有星子走失的故事

一根白发悄然离去了
一只手拂过额头，还在搜索
刚刚写下的这行诗句——

啊，一个人死了，而我们想着他的死
他活在我们想他的日子
日子说：他在前面等你

原载《诗选刊》2006 年第 5 期

握在手中

人真是个了不起的东西
能把世界握在自己手中
世界只是手中一部多功能的手机——
你听到的任你听，下载！
你看到的任你看，拍照！
你想到的任你写，短信！
你说到的任你说，电话！

整个世界就随意让人
掖在腰间，像掖着一把手枪？
提在手里，像提着一只螃蟹？
挂在胸前，像贾宝玉的弟弟？
握在手中，像握着一枚手雷？
世界就这么委屈地在一只只手里
像后宫里百依百顺的李莲英？

一松手，人们就会把世界丢了啊
没有了手机？这日子还能叫日子？
天哪，我突然想到世界也就在这么
随意地提着人，像提着手雷还是螃蟹？
一松手，我就被世界丢掉了啊
像丢了一条短信，一帧数码照片，
一次未接电话
一次下载失败，那么，魂归何处呢？……

原载《上海文学》2006 年第 2 期

走在鼓浪屿

曲有源

谁　谁　谁

一个谁

接一个谁

谁去谁来谁来谁去

谁能注意谁

但我

还是进入谁和谁的中间

不管是自己走

还是跟着谁走

或者看着谁和谁走

就这样

谁都不知谁都不晓的

在海边走上一走

做它一次游客里的过客

原载《诗歌月刊》2006 年 7 月下半月刊

岔路口

雷抒雁

躺着的道路
突然站立
像人，叉开双腿

现在，你要看得仔细
在这无明指亦无暗示的地方作一次选择

无法犹豫
正确与错误
都构成一种命运决定我们的前程

唉，谁曾为歧路而哭泣
不是宿命，只能把一切交给感知

原载《人民文学》2006 年第 5 期

含笑与狗年相握

王辽生

既然我竭尽全力未拽住鸡年
那我就竭尽全力
与狗年欣欣相握

那美女藏身于病魔背后
不时探头闪几缕秋波
意在将我俘获
我很抱歉
我暂时不打算俯首称臣
但愿她别太难过
卤素灯筒和红外线反射镜
将头顶的无影灯精心组合
荧荧此刻
我依然估不透她妖艳其表
究竟裹的是什么货色
而我又不能不拍案叫绝
她的确魅力四射
赞叹中我突然想起
但丁未扑灭的炼狱之火
曾教我灵肉两灼
然而我九死犹谋求一生

是由于大道在感
而今迎来的何止春风
更是百度难寻的祥和
我正该弃却病榻
果决收回
与死神对视的失态目光
从而挟一壶盛世琼浆
去谣曲里醉卧

与狗年相握
一握任七情复苏
再握将年龄勘破
捡起我不慎遗失的两目清辉
赏一回山碧水焯
同时调好我不老的琴弦
向狗年喷薄的第一轮太阳
纵情高歌

含笑与狗年相握
我更信有一种博博大爱
死神也休想剥夺

原载《扬子江》2006 年第 3 期

龙居古银杏

梁　平

四人合围，银杏树千年的婉约
因为半阕宫词的残留
而凄凄惨惨、悲悲切切
花蕊夫人亲手植下的情愫
随着蜀王旗的降落
飘散如烟
后宫的闲适已经不再
王妃的高贵被囚车带去北上
银杏幸存下来
保存了西蜀远去的风姿
历经唐朝五代十国的没落
贤妃的花间明艳
把两代蜀君的威仪淹没在辞藻里
花蕊夫人无论徐氏费氏
后宫抖落的脂粉流芳百世
站在风头上的银杏
穿越了战风硝烟
和那些花间词一起
享受秀水的滋润
一千年了，依然郁郁葱葱

龙居寺的晨钟暮鼓
敲打着古银杏的根须、枝蔓
就像是舒经活血
阳光流淌，覆盖了整个身体
龙居山因此有了龙脉
一地芙蓉含笑
半山梅兰邀宠
隐隐约约都是花蕊的影子
究竟是，哪个夫人写的好词
那树，尽收眼底

原载《诗潮》2006 年 5－6 月号

座　位

李发模

坐在木凳上，是坐在树上
坐在石凳上，是坐在山上
坐在土墩上，是坐在地上
从坐在母怀到坐到主席台上
发现自己也成了凳子
被一些脸色和心计坐着

原载《诗潮》2006 年 5—6 月号

一条从心中流过的溪

陈所巨

我会拒绝吗　像拒绝曾经的机遇
清澈的魂　一尘不染
我会拒绝吗　那样的一次爱

溪边的草是青的　石头也是青的
那是春天蠢蠢欲动的暗示

洗净自己　岁月的斑疤和污垢
还有那些曾经拥有的文字和幻想
你知道吗　那些都是海洋的种子

我的过错显得严肃
冰冷的躯体鱼一样光滑
但是　我确实燃烧过
在春天　在那个莫名其妙的日子
潮湿的嘴唇和眼睑
沾满鲜红的火一样的血

有过错的人不是太多
没过错的人也不是太多
太多的是既有过错又觉得没过错的人

他们都同样活着　在溪边汲水
洗刷人生的伤口和溃疡

那条溪从我心中流过
我也活着　溪一样清爽和清贫
我会拒绝吗　那样一种必然中的偶然

原载《诗歌月刊》2006 年第 9 期

影　集

张新泉

人被一次次涂改
留下的证据

光线静静等候
背景随心挪移
人用自己发明的摄像术
耐心地送别着自己——
皱纹初现。眼袋含苞。沧桑就位
直至面目全非。被涂改的人
站在四个汉字上面回望
被涂改的人说：旧梦依稀……

那么多的人从少到老
从少到老如一篇急就章
一年年露出身体中的病句
曾被镜头赞美又被删去的
纯真。光洁。激情。梦幻
被谁囤积？被堆放在哪里？
胸饰。发卡。信物。誓言
被谁一一取走，在一只
什么样的匣子里，幽闭？

远程近景，短距长焦
由黑白到彩照，由他拍到自拍
在快门的一声声叹息中
听得见流年的惊心阵雨……

这首诗也将发黄变脆
伏案写作的一瞬，我已被时光
夹入影集

原载《诗刊》2006 年 4 月上半月刊

南疆的草

陆　健

南疆的草，有毛毛草、芨芨草
在神秘大峡谷，我看见一簇
墨绿的斑茅

野蔷薇，于路旁和山脚下时有所见
红柳丛丛，像沉默不语的爱
沙棘，一闪，就不见了踪影
风暴来时，细细数着它们的枝条
雪莲，雪莲，我们朝向深山呼唤
它们带着隐忍和高贵的平和
低低回应。南疆无垠
高大的新疆杨都显得细小如草

三千年的胡杨，以时间对抗
荒凉与空旷。它果形的叶子
它菱形的叶子，它把天空
当作它云彩形的叶子

罗布麻树的强健，小叶腊的韧柔
馒头柳，砍头柳，绿色中
一顶小花帽挂枝头

驼峰的移动，像不动那样缓慢
南疆离我最近，离我最远
我们的面包车掀起你的秋风一角
像一阵焦躁，像一串跳蚤
开了又停，停了又开
一会儿就跑掉

原载《诗潮》2006 年 7—8 月号

晨钟暮鼓

曲　近

是终点
也是起点

青铜和牛皮
都有疼痛

击打下
咬紧牙负痛地呐喊着
提醒这个世界
珍惜

隔河对望
谁先谁后
悬成逝水之岸
迎送季节循环

原载《星星》2006 年第 8 期

一次性

雪　峰

我所说的一次性
仿佛一下就能指出
纸水杯
方便筷
打包盒
面巾纸
等等　等等
这些物件太小　太平常
不值一提

我所说的一次性
很大　大得没边
大得吓人
我所说的就是白天　和黑夜

黑夜是白天的尸体
白天是黑夜的转世
它们每次来去
都只有短短
二十四小时

每一个白天都从黑夜出来
每一个白天
都在黑夜死去
而我，幽灵一样，行走在白天的
尸体里

黑夜是白天的尸体
在天地之间闪烁着　血色的灯
沉静的月亮
以及战栗的星群像黑夜把白天
深深追忆

这就是轮回
昨日的白天昨日的黑夜
都已逝去
关于时间的一次性日日发生
在我们身上

我和白天一样

白天　白天总也不闲着
从早到晚
两只脚　两只手　两只眼睛
一个脑袋　一个心跳
一张嘴
紧赶慢赶　走路
过河
拐弯　翻过了一座山冈
消失了一阵儿
接着再出来

我和白天一样
从早到晚
不能闲着　一天一天
又一天
无数个天　一夜一夜
又一夜
无数个夜
我顶风冒雨看太阳　有时候哭
有时候唱

人从黑夜里来　再回黑夜里去
白天只是
一个过场

我和我

累月经年　风雨相随
睁眼　闭目　举手　投足
就像一对双胞胎
我和我
形影不离

原载《诗歌月刊》2006 年 9 月下半月刊

向夜而去

薛卫民

脚上路之前
先派出的是目光
目光在选择中
断然否决了一个方向

那个被否决的方向
仍然是方向
一个壮士策马疾驰而去……

夹道而生的春草
在越来越近的马蹄声中激动不已
萤火虫提来将现的黎明
卵石怀抱月亮的温度

迎面撞上旭日喷薄而出
瞬间
壮士懂得了什么叫辉煌
它在马背上热泪盈眶

一棵远方的树眺望另一棵远方的树

一棵远方的树

眺望另一棵远方的树
我在两个远方之间
感受苍茫
和那辽远的眺望

天是蓝的，云是白的
蓝天白云之下
水流以最适性的弯曲冲开两岸
山峦呼啸拔起
或逶向沉寂
平原将自己无限地铺向天边……

一棵远方的树
眺望另一棵远方的树
那种眺望
使我看到了栩栩如生的远方
此前
我不知道还有谁
曾给距离如此的美

原载《鸭绿江》2006 年第 1 期

野鼠，青海湖

林　染

没有人看着一只野鼠
它的茸毛，它的悠闲，黑眼睛
寂静漫延，有如月夜的泉水
在青色的草山和青色的湖泊
之间

云，牦牛和羊群
在草滩上缓缓地飘

牧场。汲水的藏女
把月亮贮进水罐，已经许久了
她来到这里
并年年岁岁地停留在青草中
瞧那健康的胸脯和腿
高原，高原上只有石块
风和残雪
两只斑头雁从湖面升起
我一直没有回头
平静的欢乐就来自湖上

原载《芳草》2006 年春季号

车过杨木林

于耀江

杨木林　我没有实际到过
只是坐火车经过
听广播里报出它的站名
从车窗向外望去　确实有几棵杨树
站在路基不远的地方
如瞬间生长的情绪　不真实
也不可靠　就像一路经历下来
到处都有这样的几棵杨树
一闪而过一样　但为什么这个小站
偏偏叫杨木林呢　而不是
别的　在我迷惑的十几分钟里
或对更多事物的一无所知
早就有大片种植玉米的田野
在正午的光线里消失

原载《大平原》2006 年第 1 期

空的椅子

夜晚　或没有人来
对面的椅子就是空的

你只能面对空的椅子
感到一个瞬间里的目光
多少有些夸张
每个夜晚的来临
你都会把一壶水烧开
无法平静地等待楼道里的脚步声
经过倾听　又拾级而上

烟在这个时候不能不抽
不能不一支接上一支
什么牌子和价格
都不重要了
重要的是烟雾包围而来
在一支烟的燃烧中变成一节虚词

然后你站起来
坐在对面的椅子上
望着自己坐过的椅子还是空的

原载《诗刊》2006 年 6 月下半月刊

唐的诗

赵首先

唐：玄武门 626 号

宫里的游戏
可不比乡下，孩子们
捉捉迷藏，疯够了
没事儿一样

宫里的笑
都有金属声响
有时也像吊线的木匠
揣摩出手的刚柔
不仅仅是胜负的距离
也是方向

李世民玩的就好
因为利落
一剑定江山
王转皇……

唐：诗的作坊

不愧是居士

邀明月喝酒
不愧是仙
酒壶像雨后的天空
能倒出来月光

唐酒是烈的
唐是诗的作坊
喝出个李太白
醉了全世界

已至今天
提起唐
我记不清年号
也记不住割韭菜似的
换多少茬皇上
能记住的是诗
和唐时的月亮

唐：张旭的狂草

砚里黄河
下手脱缰

纸的厚度
是崇山峻岭
无边大漠

急处
穿峡破谷
缓下来

如蝉翼
轻轻擦过
点金石
叠五岳
狂
就前无古人
草
就后无来者

仿也不得
临也不得

得其形
难得其韵
得其韵
难得其魂

长狂草的地，以后
种植黄金
虽也灿烂
可那是荒

原载《诗潮》2006年11—12月号

一棵老树

张洪波

一棵老树站在高处
它还没有老糊涂
它很清楚地
把暗红的叶子
贴上石头

一棵老树站在高处
许多枝丫断了
它就拄着许多拐杖
向着更高的地方站起身躯

一棵老树
苍老而且高大
但它一辈子
也没有达到自己预想的高处

蝴蝶追悼会

在一块巨大的石头上
静卧着一只死去的蝴蝶
很难想象
那么美丽的精灵

即使死了
仍然美丽

一只蝴蝶飞来
又一只蝴蝶飞来
一群蝴蝶飞来
又一群蝴蝶飞来
它们把死去的蝴蝶围住
所有活着的蝴蝶
一个挨着一个
静静地伫立着

它们在悼念那只死去的蝴蝶
时间很长很长
直至把那块巨大的石头
变成了美丽的蝴蝶石……

原载《星星》2006 年第 5 期

那　时

邓万鹏

到处充满害怕的声音　树躬着
落在风后面　唰——
撕裂的怎么不像是毛巾

金属滚动木轮　纸片乱飞　对了
还有你们　惊慌奔跑的凉水

把他们抛起来　摔进无底之黑
啪啪……
时辰　不停拍打额头　到最后
我还是稳住了
但仍不要说　我是一块多么了不起的石头　不然
你会遇到错误

那时的上衣兜　哗啦啦响的是啥呀?
李白使过的汉字
水笔一倒立狼毫就闪
墙壁起火　那时是入睡前

从上到下
确实看到了自己的保暖内衣

有光的颜色

原载《绿风》2006 年第 2 期

悬起的房间

春风走过又怎样　一个浑身是火的雪人
守着是白　看着也是　所有的心求助
上帝　千万别让他继续缩小

悬起的房间继续悬起　一滴　一滴水
走过血里针尖　呼叫铃
黄昏的亲人全部进入蜡像

原载《星星》2006 年第 8 期

车过伊豆

张满隆

从日本作家的小说里
走出了伊豆舞女
从此　这本打开的书
就再没合起
生怕那薄薄的纸页
幕布般挡住美丽
因为　美丽没有国籍

翻过悄悄加厚的岁月
翻过既不加厚
也不能变薄的距离
来到伊豆
我那辆鲜红的轿车
鸣一声打招呼的长笛
径直开进　这本打开的书里
像一只蝴蝶
落在洁白的封底

大海湛蓝了封面
小溪亮丽了书脊
晨雾把环衬弥漫的时候

朦胧中　才发现
富士山正在扉页上屹立

而我　这个七尺男儿
像个感叹号　笔挺在书里
为这本书
深深地感叹
为一种期待
久久地站立
书中的主人公啊
此刻　你在哪里?

原载《作家》2006 年第 11 期

静　物

柳　沄

一位老人
长时间地坐在
一棵老树下
同样凝滞的还有落日
和那只，就要
熄灭的烟斗

暮色越来越深
闲在一旁的拐杖
越来越像溢出地面的遒根
仿佛用不了多久
老人的皱纹与老树的年轮
也会缠绕在一起

多好呵
——我被这种
不可能发生的事情反复打动
就好比火焰

在把不断碰到的东西

变成自身

原载《扬子江》2006年第5期

我们的车撞死一对蝴蝶

焦洪学

突然，车窗前
飞过来一对蝴蝶
不知是庄周的蝴蝶
还是梁祝的蝴蝶
也许她们正做着绚烂的甜梦
也许他们正准备飞入新婚的洞房

没容我细想
我们的车就撞碎了
她们的香躯
只有风
带走了那多彩的翅膀

这场惨剧
发生在
古老神奇的呼伦贝尔草原上
可我们的车
似无任何感觉
沿着宽阔笔直的公路
箭一样射向远方

此刻，收音机里
一列进藏列车
撞死几十头牦牛的消息
正在播放
车中的人却没有感到
一丝的悲壮

此后，很久很久
我的眼前
总是一片苍茫的血色
总是一片爱情的哀唱
那随风而逝的翅膀
始终在眼前和心底
飞翔

原载《诗刊》2006 年 11 月下半月刊

菊花茶

宁　明

与一杯温吞的水，厮守
半生。该去哪里找回
那个初秋的梦？蝶粉蜂黄
谁在无言的静默中
追怀那一阵柔情的风？

复活。又该遭遇
怎样的热情！甚至
被猝不及防的沸腾烫伤——

菊花翻卷
看它义无反顾地
挥霍着自己的体香……

原载《诗刊》2006 年 11 月上半月刊

用一棵植物比喻爱情

用一棵植物来比喻
我们的爱情，我贫乏的想象
又一次经受着考验

怎能分清只顾开花
还是只管抒情？
哪一根枝杈心无旁骛
哪一条树梢俏舞春风？
而树的形象，需要多少细枝末节
才能支撑……

如果爱情真是一棵树
怎会把自己的籽粒
撒在膝下，让流言蜚语的花朵
开满后院前庭？
而撒向远处的，又怎能不担心
长成别人的风景……

原载《岁月》2006 年第 4 期

想起主席

杨志学

想起主席
便想起许多不朽的地名
每一地都蕴藏着故事勾起着回忆
想起主席
便想起一种超凡的手势
那手势是风格是言语是气质
手势下有欢呼有战栗手势过后是
天地的翻覆
想起主席
还想起许多美妙的诗句
黄洋界的炮声沁园春的雪湘江北去
想起主席
又想起许多亲切熟悉的歌曲
东方红太阳升北京的金山上光芒照
四方有多少
知心的话儿要对您讲啊主席

原载《星星》2006 年第 8 期

我的身体

郁　葱

我总觉得，这些年，
我的一个身体十分紧凑，
另一个截然相反。

我总觉得，
我的这些年可能太满了，
也可能太空了。
我的个子应该更高一些，
或者，再矮一点，
眼睛，应该稍稍近视，
嗓音，最好略带沙哑。

我总觉得，这些年，
走路不要太快，
呼吸，应该更均匀。
身上要有金属味，
也要有尘垢味，
写字时，不要把笔握那么紧，
字的笔画不清晰时，
也没必要，

那么在意。
这些年太洁净，太温暖，
连触摸，也都给了自己想象中的，
最好的那块皮肤。

有时我在想，其实这些年，
我的身体早已经
四分五裂。

摄影室

走出来之后我就想，
其实生活，是很影子的东西，
其实生活，还会有什么？
其实生活，需要一些卑劣和浅显，
其实生活，应该这么粗糙。
其实连这张底片，我也不该留下！

好的季节

夏天，是一个挺好的季节
可以不谈艺术，不谈诗
不谈书，不谈音乐
不谈爱情
不谈悲伤和永恒
站在雨里，凉凉的
轻轻说一句想说的话
或者，不想说话
如果你也这样做

那我们就
又爱了一次

原载《中西诗歌》2006 年第 2 期

移　民

孙甘露

他们从山东那地方来
写下这些也已隔了二十年
这期间认识了一些人和他们的妻子
谈话或吵嘴
帮着他们的母亲洗碗
在窗前看书写字

院子里阳光这样好
照在从前放自行车的地方
这样好的日子
骑车在大街上逛逛倒也不坏
重要的是那时我会骑车
从一处到另一处
而不是今天站在这儿想当什么
回忆那些移民

无　锡

一年前的无锡是那么冷
还有陆游的爱情
还有雨中的那辆褪色的马车

我打早上就看着天气阴下来
我出了门又往回走

在那么冷的雨中
在那些耀眼的骏马之间
在那些诗人的爱情中间
走近湖边的一块石头

原载《文学界》2006 年第 1 期

前 湖

刘立杆

在郊外消磨了整个下午
现在，我们要赶到灯火璀璨的
城里去。

渐浓的暮色里，我拉着你
凭记忆搜寻那条捉迷藏的小路。
它有一只蟋蟀

焦渴的鞘翅，有野斑鸠
沉寂的呼唤——当我们无意间
离开车灯，闯入

它布下的沼泽和树阵
湖面陡然上升，深得仿佛要
从眼眶里凸出来。

牵着手，梦游似的
绕来绕去。你开始感至疲倦
说不出的气恼。弯下腰

似乎想扯断缠在脚上的

无形的草茎。远处
起伏的沟垄已变得像鞋带一样
模糊了。你的身体
重如一架垦荒的犁铧，系在
我的肩头

仿佛急于在天黑之前
把这里翻个遍。我的视线紧随
你起落的鞋跟

最后来到一处仅余
残垣断壁的村落。曾是厨房的
瓦砾堆上，未拧紧的龙头

滴漏着，像我一样
沮丧而紧张——而空洞的窗框
突然送来了灯光和人声。

原载《中西诗歌》2006 年第 4 期

给亲爱的池莉

海　男

六月，我看见你的轮船又漂回了岸边
沿着长江以南，你的棉花
开始在你手掌或者指尖上漫游
想象你的灵魂时，我就看见了雪白的棉花

柔软地陷在棉花中，陷在你四十岁以后的
生活和爱情时态中，就这样，亲爱的池莉
你爱着足球和女儿，也深爱着江南的那个男人
他们使你不断地从旷野上摘下棉花

你用棉花取暖，你采摘棉花给他们
缝好了冬天的被子、棉衣和手套
你摘下手套写作时，我又看见了你
你的手指依然可以筑巢，也可以触摸到万物

原载《花城》2006 年第 5 期

如何辨认一个空洞的人

金海曙

没有什么技术
也不需要敏锐
在你我的生活里
有些人
就像卖肉的屠夫
那样洋洋自得
一刀下去
半斤就是半斤
四两就是四两
世界就在他掌握之中
全部思想都由他来规定。

原载《诗歌现场》2006 年秋季号

抡锤的人

张执浩

我蹲在那里，偏着头，手握钢钎
抡锤的人站在我对面
阳光炽烈，我至今没有看清他的脸
但我能感觉到他的沉默
铁锤舞动，抡锤的人拉开马步
一毫米，一毫米地
朝地下、朝深处推送自己
很多年过去了，一想到抡锤的人
我的虎口就震颤不已
他早已下落不明，而我一次次
将这条命从他手中赎回
用清水洗了，又洗

原载《诗刊》2006 年 4 月上半月刊

晚　课

入睡之前我含着你的名字
我睡了，嘴唇蠕动
唾液甜蜜，苦果被消化，变成了
事物的核：圆满，孤单，连远在梦中的你

也感觉到了

被爱，受折磨

原载《诗歌月刊》2006 年第 10 期

春色之姿

——致 C

顾　艳

去上海

穿过广场
沥青的路面涂满橙色
我走进车站
四月，海绵般饱满的心情
春意阑珊

在网状的林莽间
梦境载着一座城市的阳光
我游离虚无
一个声音从内心升起
箫声般如丝如缕

我手掌的气流
如灵魂飞越车窗外
前方是灯塔
海潮中若隐若现的森林
护佑着我稀薄的羽毛
我，孤单而蓬勃

书　房

在河流之上，在云朵之中
这宁静的幽谷
紫蓝色的空气把我消融

四壁是无声的灵魂
庄周翩翩起舞
东篱下的秋菊　让我冥想
山冈明月。流水。西风
我悠然于外，倾听
你磁一般的嗓音
绵密如丝雨

我开始领略一种风采
古典的情韵
优雅地凿穿世界　我
磷火般的眼睛
鬼魅般的脚步
在你的城堡
精神的羽翼腾空而飞

原载《星星》2006 年第 11 期

慢　跑

王　艾

太阳开始慢跑，在管风琴
呜咽的指尖上，橘子
与苍白的嘴唇慢跑在周末的山岗上。

那里有黄昏的皮肤，渗出他者的阴影，
改变他内心的学问。有些感觉
像一块砖砌进了容易塌陷的身体里。

春日死了，像一只施了魔咒的卵子，
坏死在日常的放大镜下，
细胞们相互攻击，崩溃，怀抱着秩序与哭声。

有人把修改过的黑夜，注入到
生命的经脉，而血滴则慢跑在
那苟延残喘的盲人的耳朵里。

当声音坏死，被聋子的黑夜
投诉过。那控诉过去的一定是未来的乌云。
乌云的愤怒则来自那慢跑的人群。

人群如蚁，黄昏抽打着

痛苦的人，有些感觉
你不说它，它像刺一样慢跑在你的衰老里。

原载《今天》2006 年第 1 期

勺　子

陈家桥

从温暖的水中
抽出闪亮的勺子
那凹着的勺子，凹面向上
假如这勺子变成铁石
铁石再回到土中
我将把我的脸贴着凹面
我将准许我猜测
它是否愿意被我猜测
从温暖的水中回到泥土
回到我手中的勺子
以有意的凹面
献给我的主观感受
这疲惫的四面，从温暖的水中
抽出被还原的人类的手

手册

弱小者的手册
是弱小者姿势中敌对的用意
含着发言的可能
陪着弱小者跳舞
像窗台在地震中那样，像河底的杯状物

弱小者的手册可以脱离一切桌面
桌面的细润以使他们趴睡，像阴郁的猫
像黑暗的森林
而手册中夹着鹰骨
这些天空的碎片
正是一切舞蹈中的敌对姿势

原载《诗歌月刊》2006 年第 5 期

乌鲁木齐的热

丁　燕

我的后脑勺感觉到了热
什么也干不了
甚至睡觉
也像是被一块热布围住了眼睛

一百年的热
集中在了这一天
我对一个上海诗人说
现在的热是精神失常
是慢性自杀

如果天天是集中营
也就没有了奥斯维辛
全城的人都开始了喊叫
卖空调的人乐翻了天

清醒的荷花多么痛苦
夜里还要陪着淤泥睡眠
开始热吧
给它一个不睁眼的理由
不要冷，千万不要冷

对比之后
乌鲁木齐更像一座集中营
越来越热。热到昏聩

夏天的花园

花园。我们家楼后有一个花园
我们经常去那里逛逛
小狗追着别人家的
打麻将的人很多
有孩子坐在玩具车上摇晃
还有幽会的少妇站在拐角
夏天里人们总是很闲
事情很多
在花园里，各自盛开自己的心事
但我更喜欢冬天的花园
只有雪，雪下的植物的根
只有简单的空地
简单的欲望
简单的死亡

原载《中国诗人》2006 年第 1 卷

祖国小颂

黄　梵

不管明月等不等佳人
难以丈量的夜色苍茫，是我的祖国
小路伸向无限诧异的远方
看啊，萤火虫比路灯还苍劲……

初夏的温凉，雾，树木，谷粒……
哪样不是祖国的心意
它们扑向乡村和城镇
使我猛然惊醒——
会有那么一天，
我们都是寻找谷粒的鸟儿
说到果实，因未曾珍惜而留下遗恨

我不是画眉，为了恩惠而鸣啭
山河在我笔下跃出，
是为了笑向岁月易萎的人生
流萤低飞，像那些为爱而奔波的亲人
我祈求，在景色悦目的两岸

再了解什么是罪，让困窘的人生

也转向对祖国的万古丹心……

原载《城市诗人》2006年卷

台 词

林 虹

是从一盏淡红色的路灯开始的吧
那一刻是时光的转折

山风　芦苇　松树的清香
故事的铺叙充满了戏剧的隐喻

只是水雾太重
总在出场时忘了台词和方向
从夜色的深处望去
不被束缚的思想

为什么无法到达既定的目的
很多事一刹那就成了影子

“我的手感受到了幸福”

最后一句台词戛然而止
悟与不悟却已是千山万水

向日葵

向日葵　那金色的光

透着安静的暖
向着幸福或不幸福
这绵长的昂首

有时我仰望它
像仰望一颗星球
你从不知道
日落后
那些低低的忧伤
如何在暮色中穿行

这等待多么茫然
那凉的风
摇摆它的意志
削夺丰盈的肢体

落下吧　落下吧
早该离去的
就等这秋色将就
那金黄　那饱满
那曾经来过的

原载《广西文学》2006 年第 10 期

你有没有想到

郜元宝

多少年以后，
你有没有想到：
工作会这样无味，
信息会这样疯狂，
爱情会这样伤心绝望，
卡拉OK的时候，
所有的朋友会这样苍老又丑陋？

你走过尘土飞扬的市区的工地
——现在到处都成了工地，
——他们不也在你的心口日夜施工吗？
想到了什么？
你走过“改建”之后陌生的街道，
——那个拆了一半豁着大嘴的酒吧，
——你曾经那么喜欢和朋友们盘桓的地方，
想到了什么？
星期天你一人在新家的“小区”散步，
走过用移栽的幼苗装饰的小径，
——在可以望见城市的无数尖顶的长椅上坐下来，
——轻轻喘息的时候，
想到了什么？

拒绝你所不爱者的爱只是残酷，
错过永世的恋人却是不可原谅的罪。
你以为有圣善之灵引导，
却听从了说谎之父的安排。
现在你活在稀薄的空气里，
呼吸着别人同样稀薄的故事。
但你的传奇，
已经结束。

原载《作家》2006 年第 7 期

幻想使我确定了你和我的关系

嘎代才让

我在没有屋顶的房子里犹豫着睡了
你的身体犹豫着睡了
那些坎坷之路，繁杂与昆虫留下的利益里
我们通过假想睡了

总有一些思想，太过偏激
我知道最后付出的代价是什么
可我不去这样想，人们说什么都可以
没有文化。低素质等恶意的谩骂
我都可以接受。

为了让他们满意
我甚至可以让自己的血脉停止
但是，我也有自己的思想啊
我风华正茂，顶天立地
为何不为自己去活

这间房子，我住了两年多

每天都要打开电脑，泡杯咖啡
最后，躺下去后再也没有起来
我抚摸她的脸庞，唱着低调的情歌
变成了一个僵硬固执的尸体

原载《今朝》2006 年第 2 期

我的未来

我注定要死去，注定要死去之前
点燃几万盏酥油灯，献给我的大师
大师在遥远的地方

注定要掏空自己的内心
包括血肉，历尽了人间的苦难的那双手
你可以想象一下
我就是那个未来的干尸
太阳却把光芒的衣衫给我披上

慢慢地变老，慢慢地穿过那片草地
你还可以想象一下，那也是个喜悦的时间
赤裸双脚奔跑的儿子
从背后突然搂住我的爱人
另外的场景，不一一列举了

我的心灵渐渐归于寂静

此刻，我来到喜玛拉雅山脉脚下
打坐闭眼，梦见了我的来世
何等可怕，何等向往

爱的歌谣

午夜的灯光开始亮了
当我寂寞的时候，陪我一时
我不要你一世

我无法控制
我努力地在克制

一个晚上，我翻来覆去地想
刻骨铭心地去爱
把这身体爱得弯弯曲曲

想一个人到天亮

没有看见光芒
我仍然想一个人到太阳出来
一个人静静地
不考虑任何相关的事情
伸展思绪，我在想
为何想这个人

想了整整一晚上
起床洗脸的时候还在想

可以断定，这个人肯定在我生活里
出现过，也和我有关系
这么想来想去
用完了一天的时间
不知道在想谁

原载《特区文学》2006 年第 3 期

抚摸自己脏兮兮的生活

末 未

从印江到石阡，百多公里的灰尘
总有那么一点点，要钻进我的皮肤
而出发之前，搬运时间的我
出了一点点汗水，因为不小心
和别人抢路的时候，一脚踩下去
一点点淤泥，从裤管进来
弄脏了我的下半身

这些灰尘，这些汗水，这些淤泥
这些避不开的那么一点点
现在，终于躺在了石阡的温泉里
像温泉热爱着我这俗世的身体
我轻轻抚摸自己脏兮兮的生活

走在傍晚回家的五只羊后面

走在傍晚回家的五只羊后面
我像秘密的偷窥者，隔着五十米
也不敢贸然轻咳一声。尽管
一只羊不停翕动嘴唇，嘬来嘬去
在两只羊的尾巴下面，有时
还爬到背上去，表演爱情

全然不顾它们的后面，有没有人
按照自己的方式，傍晚的五只羊
五个温柔的动词，五颗饱满的音符
五位夕阳里的乡村散步者，漫不经心
它们认识家的方向。突然，其中一只
跪下来，在悬崖边伸长脖颈，努力
接近一棵青草。我就是这只羊
不止一次跪在悬崖边

原载《中国诗人》2006 年第 1 卷

左岸玫瑰

查　干

左岸玫瑰是一处发屋
在市井的肺叶里寂寞盛开
左岸玫瑰没有意识形态
不左也不右
只是在夜的寒风中
中立　微笑

她的主人半倚在灯火里
摆出一副很酷的站姿
她似乎懂得玫瑰所扮演的那一角色
她也似玫瑰的优雅
昭示路人

她是不是远从山野
踱入都市的那一支玫瑰?
在那些长长短短的雨季里
感伤的凝露

都是为着活

原载《诗潮》2006 年 5—6 月号

有多少爱能够过夜

草人儿

一些雪飘下来
一些玻璃的碎片
从天而降
一个仰起头的人
双眼紧闭

被爱划伤
被自己的泪水淋湿
伤口深处
有多少爱能够过夜

就一眼

就足够了
只需要一眼
我就看见了内心的诱惑

这个时候
用浑身的骨头
搭一间小屋
用全身的鲜血
粉刷一新

爱住进来

爱住进来
我就会用一块伤疤
与另一块伤疤相握

向爱情发誓

被盐水浸透夜晚
语言很轻
我以爱情的名义
和你相处

把你拉进怀抱
我感到了轻
一种付出力气之后内心的空落
最终不能让我举起右手
向爱情发誓

我的誓言
打掉牙齿咽回肚里
人到中年
我如果爱你
那是激情

原载《诗潮》2006 年 7—8 月号

镜　语

鲁　娟

除了你，还有谁知晓
驯良一匹桀骜的马
和拒绝一场温柔的诱惑
同样多么地不容易

除了你，还有谁注视
那些迅速而缓慢的过程
我曾苦苦饱满而又无望舍弃
我曾无所事事而又急急奔赴

除了你，还有谁轻易打开
那些不可言说、内敛的伤痛
还有谁窥见那道虚掩的门后
藏有一生草木葳蕤的秘密

除了你，还有谁能予我
对称的爱，毫不吝啬
并同我与生俱来的优点、缺点
到头发花白，唏嘘不已

原载《星星》诗刊 2006 年第 5 期

黄昏中的树

沙　马

天气渐渐冷了，树叶一片片
坠落，听不到一点声响
黄昏中，树的动静没有谁会在意
只有大地，对于那些逝者怀有深刻的怜惜
究竟是些什么东西？
如此地深入树的内心，并改变它们

对于黄昏，我是一种盲目的热爱
我站在这里
山岗吹拂神秘的气息
“不要轻易地说出那些地点
不要轻易地承认疼痛和伤感
不要放弃最初的怀疑……”
灯火熄灭了，我还能退回到哪里？

人心和秋天一样易于隐藏
面对黄昏中的树和
对时间的焦虑
我无法分辨那些苍白的言辞

原载《民族文学》2006 年第 5 期

我的左手

夏　雨

一直钟爱右手
写字，举箸，握刀
一次莫明其妙的疏忽
它被它自己握着的刀
伤了筋骨

疼痛使我夜不能寐。左手乘虚而入
我用左手握汤匙吃饭
左手不握刀，甚至剪刀也不握
但摘掉了百合花儿枯黄的叶片

一段时间过去，右手没有好转的迹象
面对生活
我不得不用左手
去提更沉的重物

原载《新汉诗》2006 年总第 4 卷

一大片野花就围了过来

伍小华

从故乡往西行，走着走着就有
一大片野花围了过来
带上它们的芬芳，带上
那些幽深莫测的念头。它们都
手提一小串露珠，和
一颗大大的心跳……
它们拦在路上。它们中的有几株
还被故乡吹来的风，刮得
侧过了脸去。那一刻
我才真正看见了乡村的羞涩。但我
怎样才能绕开它们，继续赶路？
我用教鞭在它们中间，轻轻
拨出一条小路，但我不想用城市的皮鞋
伤着任何一株野花
我也不想被任意一株野花绊倒
但是，我的那颗刚刚濯净的心
还是在某一个微小的细节处
踉跄了几下……

原载《诗刊》2006年8月上半月刊

瘦风吹

王志国

珠帘不动，风动
从霜降到大雪
廊檐下八瓦的路灯
安眠于微风的吹拂
而腊月的老屋，习惯于在瘦冷的寒风中
保持破旧的沉默

门前的小路，寂静、弯来弯去
仿佛一个人缠绵的乡愁
正从千里之外的异乡望过去
看——母亲手扶门扉的身影
突然有了细微的颤动
那一定是她，眺望的眼睛
再一次被风所伤

原载《诗刊》2006 年 11 月下半月刊

隔着尘世的烟火

娜仁琪琪格

我吐出了那几个字
你一定惊讶
是的　我看到了你惊讶的眼神

现在隔着尘世的烟火
看你　或者说
在烟火的这端　看你
我的心落满了荒凉

这么多年了　我们的天空总是
飘着雪　心中开着梅花
而尘世的风不断地吹　不断地吹
逼仄着……

我们都不再年轻了
我们的脚上沾满了泥土
“找一个合适的人吧”
隔着尘世的烟火
稀薄的阳光　我这样说
你摇了摇头　抿紧了嘴

我看着你渐白的发丝
你看着我眼角的皱纹

在时光的鳞片上

树叶在一片一片地黄去
还会一片一片地飘落
而我们的故事已不会再一次
开始

那只长尾巴喜鹊
叫了一声　又叫了一声
让它叫吧　我不会惊喜或
期待了　是的
你也不会转身回来　我亦不会
不顾一切地奔向你
那么多的纠葛　让我们
变得迟疑和冷静
已能把对方轻轻地拾起
又轻轻地放下

时光啊　它在流逝的同时
也一次又一次地把过去打捞
有时竟是那么不合时宜
而我已学会伪装自己了　把脸上的泪
抹掉　把不断涌上的泪
咽回　然后我就笑啊

那涌上的每一个泪花里都有你
咽回的每一颗泪都是你
在那时我的骨缝中就会生长出无数棵小树
每一棵树上都结着渴望　疼痛与无奈

在时光的岸上　我注定这一世地打捞
在每一个时光的鳞片上
在每一丝风的缝隙里　微笑了　落泪了
落泪了　微笑了……
一些细节已被时光
漂白了　终有一日我会抱着它们
远离……
却不知在哪一世能找到你

原载《人民文学》2006 年第 8 期

六　指

姚　风

严格而言，赵四算不上残疾人
他的右手无非长出一根六指

它萎缩、畸形，好似没有生命
这是他身体多余的部分
也是最无用的部分

每次与赵四握手，我都有这种感觉
但赵四说，六指和他血肉相连
也会流血，也会疼痛

原载《中西诗歌》2006 年第 4 期

之　后

你穿上租来的婚纱
我穿上租来的西装
在杯盘狼藉中
我们完成了婚礼
之后我们的生活

是收拾这些狼藉的杯盘
之后我们无事可做
之后我们忙着结束婚姻
穿着自己的衣服

瓦　砾

塔楼上，自鸣钟又一次敲响
又有什么东西
像瓦砾一样
在我的身体内，被震落，被粉碎
尘埃，碎片，废墟
让我的生活忙碌无比

忙碌的是我的身体
而内心，像遇难的矿工
已经被掩埋许久了

原载《白》2006 年创刊号

门

严　力

到处是门
大门前门
旁门侧门
铁门石门
歪门后门
国家之门
民族之门
宗教之门
党派之门
阶级之门
您转出去了吗?

我是什么

我踢过兔子
骂过绵羊
养过狗
讨好过老虎
躲开过狼

问题在于
如果把我所提到的这些动物
都看作人的话
那么
我就是唯一的动物

谁知道

A 型、B 型、O 型、AB 型
“P” 型在哪儿？
哦哦，和平（Peace）不是人类的血型！
什么时候可以是？
人类不知道！

任务来了

照片出来了
不能再往里加人了
这就是历史
但是

任务来了
你要从照片里
想办法把自己抽出来
你要接受新的任务
你要挤进长城
变成一块古老的砖
然后再抽出来

插入市场的货柜

任务来了
尽管这是抽调一个人
但是切断和嫁接历史的
刀子般的任务
就这样突然来了

力量是往下的

力量是往下的

生活中的磨难与幸福
促使人类的眼泪往下
为了钻石往下
也可以为了仇恨钻石
为了亲情、同情、友情
甚至钢琴小提琴
也可以为自己
或整个民族甚至全人类
力量是往下的

作为知识
眼睛处于脸部的高处
不管是真诚还是表演
是固执还是见异思迁

是轻浮还是崇高

只要是眼泪就只能一路

往下

原载《作家》2006 年第 11 期

旧　址

孟　浪

一张普通的纸张，轻轻地
从薄得不能再薄的拍纸簿被撕下
对折，再对折：呵，小心翼翼

到处是一样的纸片
曾经折起，再折起，现在飞起，再飞起
旧址，从拍纸簿跌落

藏入贴身的上衣口袋
不要忘了时时把它掖紧

旧址，无奈又不驯
旧址，没有消失
只是道路并不通向那里
旧址，在那里，高大而宁静

从纸片上认出所有的里程碑
唯一的目的地和最后的居所

已无旧址，哪怕一丁点痕迹

把纸片收妥，也才迈出步去
却到处是旧址，是同样绝望的
地点、路名与门牌——

旧址，没有消失
只是人群并不涌向那里
旧址，在那里，高人而宁静

今　夜

当然是灵感在礼貌地敲门
我把她迎了进来

她径直到我的桌前坐定
好像我早已经远离

她伏在案头，那专注的神态
教我不敢把她惊动

她奋笔疾书——容不得我半点犹豫
我，终于退出了房间

“灵感在我的房间
我的房间充满灵感

“今夜，我流落街头乌有的字里行间
今夜，我将在谁的白纸上空度过黑墨水孤悬的一晚？”

原载《青年文学》2006 年第 8 期

可是电车停了

孟　明

可是电车停了。我回忆起
远古的一辆马车，黄昏的骨头弃于一地
飞扬中那身首破碎在一条柏油马路
我希望你还在路上。忘了约会
或来不了。这想法很怪，确实
我也不用去解释，因为你说过生活
好好活着，做别的事。再说
我就在前面那个路口等你，那些路口
是多风的。可是，多少次我唠叨
这期待什么的可是——
可是，生活中的一切可能。记得那年
我们去香山听塔的风铃，你说有很多幻觉
来自那里。听见它我就想
一定是你。可是电车停了，可是
那辆马车，你走在时间在满是树影的月亮上
在佛的风铃里。我想说
你答应过我。你一定在某处。孤独
可是你说过生活。电车停了；我

在车站等你。往好里想。可是，微弱的可是
我等你。重复着，可能，微弱，但一定

原载《莽原》2006 年第 1 期

相　信

黄灿然

他们是朋友，或他这么相信，
她也这么想。
所以，那天下午，当他们
相约在海边一家餐厅吃饭
并在饭后到海边散步的时候
他们并没有意识到
那里是情侣们散步的地方；
直到一个卖花的女人
出现在他们面前，
并坚持要他买一束白玫瑰。
他不好意思地买下，
而她也不好意思地收下，并想：
“如果这是他主动的……”
他也想：
“其实啊，
我愿把这颗心也献上。”
他们肩并肩走着，

相信各自相信的，

直到互相失去联系……

原载《诗刊》2006 年 7 月上半月刊

躲在你的

鹿　苹

躲在你的字典里
等待你想　那个
模糊的下午
那个　模糊的谁
说了什么　模糊的事
你将会
查字典
你将会
看见我
之后　读我像个完整的句型
看我　像个下过定义的注释
然后你会
“砰”一声的　关上字典
将我压死在那超重的页面里

原载《作家》2006 年第 8 期

我没有朋友

欧阳昱

我没有朋友
我的朋友都在远方

就是在远方
我的朋友也不多

这不多的朋友
没有一个是知心的

就是把我自己算上
我也不敢说我知我心

离我最近的地方
在我寒冬偎着被子取暖的边上

是我唯一的两个朋友：
一杯热茶和这首即将完成的诗

原载《诗潮》2006 年 5—6 月号

蝴蝶之死

田　原

一个阳光明媚的晚秋
突然让我在午后收拢住匆匆脚步的
是路边差一点被我一脚踩在脚下的蝴蝶
当初的一刻，我以为它是在歇息翅膀
等我蹲下细瞧时
才知道蝴蝶已经死亡

蝴蝶一定是刚刚死去
它头上的两根长须还在随微风轻摇
它细长的腿似乎还保留有抓紧大地的力量
阳光在它戴着墨镜的眼
和斑斓的翅膀上折射出多彩的光芒
死亡的蝴蝶是美丽的
它的美丽在于
死了比活着时还显得安详

蝴蝶的死让我想起许多美丽的词汇
但再美丽的词汇都无法形容出它的死亡
我并非出于怜悯，而是下意识地
用手指把蝴蝶小心地捏起
放进禁止入内的人工草坪上

后来想一想
这可能是对蝴蝶最好的埋葬

原载《十月》2006 年第 5 期

黄　河

非　马

把
一个苦难
两个苦难
百十个苦难
亿万个苦难
一古脑儿倾入
这古老的河

让它浑浊
让它泛滥
让它在午夜与黎明间
辽阔的枕面版图上
改道又改道
改道又改道

返　乡

收拾行李时我对妻说
把乡愁留下吧，要超重了
在海关他们把箱子翻了又翻
用 X 光器照了又照
终于放我们行

坐上回家的计程车
我想这下子可轻松了
不再???

却看到乡愁同它的新伙伴
等在家门口
如一对石狮

原载《中西诗歌》2006年第2期

别处的雨

施　雨

把旧事一件件翻过来　翻过去
窗外一只松鼠紧紧抱着坚果
就像你在反复诉说
雨不是雪不是雾不是冰不是水

垂首走过中国城　走过满街同胞
橱窗上贴着你的影子始终恍恍惚惚
遍地都是记忆中的酒香和诗句呵
还有一起度过的那最长也最短的夜晚

每当天色暗下来的时候
总是小心收紧自己
让教堂的尖顶去支撑天空
我只要一间亮着灯光的小屋

冷风从城市边缘切进来
十一月的河流　仍然习惯沉默
可是再见你的时候　我想告诉你
请相信我的孤独　和你的一样

原载《星星》诗刊 2006 年第 5 期

洛夫扫雪

汪文勤

扫出青草
苏武便来牧羊
一曲未尽
却是两行热泪
欲零还住
哪里才是洛夫
燕山如席
昆仑如剑
长白如絮
祁连如鹅毛
之雪
如玉如翠的峨眉之雪
洛夫扫啊
扫过无雪的小岛
扫过冈底斯
扫过乞力马扎罗的雪
一路扫到洛基山下
总不是家门之雪
只扫得扫帚成精
驮着诗魂
漫天飞舞

染白洛夫的双鬓

再也化不掉了

原载《诗歌月刊》2006 年 1 月下半月刊

确定你如影子般的距离

贺绫声

那年，你确定了我离开后
才去爱另一个人

之后
我在潮汐的日子里
再也记不起回去的路径
心里只有渴切，或彻底遗忘

是季节落下了花儿还是花儿落下了季节
火车站从来不知道互相挥手的我们
代表着舍不得
还是代表着欢送
而再次重逢的我们
该装成路人或是装作豁达呢?

自那些年里，我确定了你离开后
我才敢把你的回忆如影子般
注明年月，一生跟在我脚下

原载《诗歌月刊》2006 年第 7 期

冥　火

虹　影

你被当作一盏灯　走了一段
你变成了
另一盏灯

我知道你在等待

水獭舞

你露出头来　像一列疯狂的火车
湿湿的精灵
从头发钻入我的衣服里

我每日蘸雨露画　已要画活水獭
雨露深蓝　像抛弃我或被我抛弃的情人
水獭突然消失
一滴水迹也没有

原载《大家》2006 年第 3 期

回　忆

小　曦

1

我偷偷走进梳妆镜
看你睡眼模样
你就在我面前拆卸口红和粉底

直觉告诉我
你用胶布粘贴脚下的疮疤

2

吹来的问号
转动八十年代生产的天花吊扇
将回忆卷至地上
湿透木板
然后泛潮

而生活，就像没有空调的夏季

3

双手初次轻抚你的香肩
却只遗留在右下角的日期

4

你总是苦苦的
如爱情感觉
那一年，在观光塔下
回家的路线失踪了
到今天
似乎又躺浮在金沙对开的海面

原载《中西诗歌》2006 年第 3 期

大　连

余光中

长腿细腰，帅气的女警
亮眼的制服蓝白对映
　多悠闲的手势
就把满街的车潮牵引

车潮接成一盘盘回涡
绕着广场的气派旋转
　巍峨的石基上
泊着一艘魁梧的古船

见证这都市本来是海港
　偏北而且多雾
一位爱戴面纱的美人
难得让你把她看清楚

追述家谱，多是山东老乡
纬度高了，半岛的游客
俄文交替日语
不时在海风里飘扬

上上个世纪，他们的祖先

就已经在此睥睨海景
不是来做游客
是做帝国派遣的水兵

沙皇与天皇，旌旗浩荡
招展在爱新觉罗的波上
　把我们的内院
当作他们公然的战场
沿着逍遥的滨海公路
日落时莫向苍茫吊古
　西去，是旅顺口
南去，是北洋舰队的公墓

原载《芙蓉》2006 年第 1 期

登峨眉寻李白不遇

洛　夫

门敲过了
寺内无人
一阵山风穿堂而过
飘来一丝丝
吐酒的腥味

桌上横躺着一把空酒壶
一片狼藉
一片遗忘
想必是
为了一首未完成的七绝折腾了半天
终于掷笔而去
留下一张残稿
标题空着
酒杯空着
与尔同销万古愁
愁也空着
空如你那袭被月光洗白的长衫

黄河之水天上来
是酒该多好
莫使金樽空对月

无非是酒瘾犯了的借口
曾被说成飞扬跋扈的诗雄
但在夜郎的日子
夕阳下
你紧紧抱住自己颀长的影子
就怕它消失
写清平调的心情不再了
寂寞有时，草蛇般
猝不及防地从脚底蹿起
白发与明镜之间
突然发现少了那么一段美学距离
这不就是昨天的事吗？
酒醒后
冒出的第一个句子就如此惊人
吓得一哄而散

雨，仍落着
只见雾里飘来一柄油纸伞
仙一般你魅一般
该你回来了，但恕不久候
再等下去
就会耽误我和老杜的约会
于是，我顺手抓住
一把湿漉漉的钟声
就那么一荡
便荡回到成都的
杜甫草堂

原载《上海文学》2006 年第 4 期

敬　告

由于编选时间仓促、工作量大，未及与所选作者一一取得联系，请见谅。

现仍有部分作者地址不详，为及时奉上稿酬，请有关作者与经办人姜辛联系。

地址：沈阳市和平区十一纬路 25 号

邮编：110003

电话：024—23284309

邮箱：982251097@ qq. com

辽宁人民出版社